因为你，与美好的世界不期而遇

崔修建 著

时代出版传媒股份有限公司
北京时代华文书局

序言 /

愿所有美好如期而至

特别喜欢一个博客签名：每一天，美一天。

一个无比简单句子，却有着震慑心灵的力量，因为里面浸润了生活的真切感受，融注了生命的深刻体味，才有了这一语惊心的人生感悟。

相信自己是世间独一无二的那枚叶子，该萌芽的时候，就热忱地萌芽，该翠绿的时候，就肆意地翠绿，该金黄的时候，就欣喜地金黄，该飘落的时候，就悠然地飘落……听从季节的召唤，在生命的每一个时段，都留下自己无悔的身影。

谁的人生旅程都注定不会始终阳光明媚，一些意料之外的风雨总会不邀而至，但你不能由此抱怨什么，更不必陷入忧伤之中。既然你向往远方，那么，就只管带上爱，沿着真善美的方向，一路向前，相信自己一定能够遇见梦中的风景，能够登临希望的峰巅。

你的心灵精彩了，你的世界自然就会精彩起来。无论你的舞台有多大，你都是人生的主角，可以按照自己编写的剧本，好好地演出。不管时光怎样流转，只要你心头始终充盈着爱意，你的人生就不会暗淡。沼泽地里也有散落的花瓣，跌倒的地方也有风景，错过了月亮还有星星，转一个弯就可能柳暗花明……被美好簇拥的每一天都是有晴天，被美好照耀的每一方天地都有无数的良辰美景。幸福的人生其实十分简单：与美好相拥，你的生命自然精彩纷呈。

这是一本暖心的书，一个个精美的小故事，就像一杯杯抚慰心灵的香茗，轻轻啜饮，细细品味，你会沿着那些有温度的文字，走过爱的万水千山，走进一幅幅徐徐展开的美好画卷，可以驻足那一个个智慧驿站，可以邂逅一片迷人的风景，可以遇见一段美丽的人生，可以结识一个真诚的朋友，可以坠入一个动人情节，可以恍然悟出深邃的人生哲理……

美好，是你生命无法拒绝的选择。也许你正在凡俗的日子里，忙忙碌碌地奔波着，也许你的心头正有着某种伤痛，或某种寂寞，或难以言说的迷茫、失落和苦楚，你不妨慢下脚步，静下心来，读一读书中那些飘逸着温馨、温暖、温润的故事，倾听一下那些来自生活中的动人的声音，品味一下那些扣动心扉的人生智慧。如是，你会在刹那间屏蔽了周遭的嘈杂与繁乱，一任那些美好的清风拂面而来。

每一天，都请那些美好经过你的全世界，照耀你，点亮你，让你骄傲地告诉世间所有的人——面向美好，花开四季，芬芳无绝。

CONTENTS
目录

第三章 陪生活跳支舞

第六章　幸福是长久的陪伴

第一章

岁月会给你最好的安排

我们向往的幸福，并非遥不可及。就在那浓浓的人间烟火里面，往往藏着我们心中渴望的幸福，那么真，那么美，轻轻伸出手，就可以掬一捧幸福，甘醇如酒，芬芳四溢。

人生有味是清欢

清欢，轻轻地读着这个雅致的词汇，便有一股清爽之气，自胸间徐徐吐出。

许多人都喜欢苏轼的旷达人生，即便是试吃野菜的这种普通的乐趣，在词人的眼里也变成了人间难得的滋味。何谓清欢？守着半亩方塘便有悠悠的幸福，津津有味地看着蚂蚁搬家好像中了大奖，喝一杯山泉水宛若饮上好的龙井一样惬意，读一篇小文胜过一桌佳肴的欢欣……这些散落于简单的、平凡的、质朴的、疏淡的生活里面的，自然而然的、浑然去雕饰的“淡淡的欢愉”，或许正是对清欢的最好的诠释。

清欢之所以好，并非因为它对生活的无求，而是它在看淡了物质的诉求和欲望的追逐之后，更倾向于心灵的充盈，更在意于精神世界的富足。

清欢是谢绝了“人生得意须尽欢”恣意纵情，是远离了“独上高楼，望断天涯路”的茫然无措，是放下了“此恨绵绵无绝期”的痴情执著，是淡然了“人生若只初相见”的美妙假设……是从容地面对世间的大波澜，是坦然地迎纳生活中的大悲喜，是“一杯浊酒喜相逢”的愉悦，是“闲敲棋子落灯花”的闲适，是“一蓑烟雨任平生”的洒脱，是“采菊东篱下，悠然见南山”的飘逸。

清欢，是一种悠然自得的心境，它会引领人们进入到美的情境和意境之中，发现美，欣赏美，享受美。清欢，可以是雨后漫步于林间小径，嗅着湿润的空气，听着小鸟的欢唱，身心清爽地忘却所有的烦恼；清欢，可以是结束了一整天的忙碌后，调一杯咖啡，慢慢地顺着一首老歌优美的旋律，走回心灵宁静的家园；清欢，可以是对琐屑生活的体味，可以是对平凡细节的感受，譬如，一本书，一片云，一滴露水，一株草，都能让人生出一份淡淡的欢愉。

朋友在市郊买了一块地，盖了几间小屋，屋前栽种了两株长得奇快的柳树，屋后掘了一方水塘，里面撒了些鱼苗，还养了几只鸭鹅。周末约上我等三两知己，与他一起在屋前“躬耕陇亩”，游戏般地侍弄那些寻常的蔬菜。说说笑笑间，日上三竿，我们便懒懒地坐在小院里的石板上，任阳光暖暖地照着前胸后背，不知谁扯起了一个话头，便你一言我一语地开始炫耀各自快乐无比的童年，彼此的眼睛里都无遮拦地流露着天真。此刻，大概就是真正的“人间有味是清欢”了。

当年，我在一个偏远的林区小镇中学工作，有一位在大山深处居住的学生家长，几次邀我到他所在清峰林场去玩。终于动心，在初夏的一天，我在学生的陪同下，坐了三个小时颠簸的客车，然后，沿着杂草丛生的山间小路，慢慢地朝幽静深远处走去。一路上，那个原本话语不多的学生，突然变得十分健谈起来，他指着那些生花的杂树，向我讲那些树和花的名字、习性和故事，他的眉宇间写满了欢悦。我随手摘下生一朵盛开的牵牛花，将它放到鼻翼前，轻轻地吸着花蕊散发的若隐若现的香气，那一丝丝含了大山精华的气味，带给我一种妙不可言的感受。

学生家长变魔术似的，从屋后的院子里捧来一大堆还带着露珠的新鲜果蔬，还拿出最好的一罐柞树蜜，一旋开瓶盖，一股清冽的柞树花香，带着甜润迎面扑来，待舌尖一触，微闭眼睛，那份轻松的陶醉，真的是进入了某些优美的诗词才有的意境。

要觅得清欢，并非一定要远离都市，如果保有一颗明慧的心，能守得住心灵的清净，纵然是身陷滚滚红尘之中，也依然可以屏蔽了那些物欲的嘈杂与侵扰，可以让耳目沉浸到一方和谐的情境中，体味到喧嚣中的宁静。相反，若是以浊为欢，以清为苦，即便是身处清欢之地，也难免会心浮气躁，会追逐那些更具刺激性的体验。

清欢，有时是历尽沧桑后的平淡回归，是追求完美后的随遇而安，是面对缺憾时的无言静默，是激情远走后的平和，是繁盛凋落后的简单，是热烈燃烧后的清静……因为浮浮沉沉过，因为酸甜苦辣过，蓦然回首时，才发现平平淡淡也是真，能够拥有一颗平常心，实在是一种智慧的选择。

只要拥有一颗平常心，就很容易在寻常的生活中，捕捉到清欢的影子，体味到清欢的美妙。“人间有味是清欢”，包含了深刻的哲理。唯有真正热爱生活的人，才能够品味到，才会真正地明白其奥妙所在——有时，过于浓烈的欢乐不会持久，就像馥郁的花香容易消散，而清幽淡雅的香气反而难以消退，清淡的欢乐会令人长久地回味。

清欢，是对人生的深刻思索，是对生活的睿智把握，是对生命的细致品味。清欢，是在浓烈与清淡中间的平衡，是在执着与放逐之间的取舍，是现实人生的诗意体验。

品味天然的美好

老人的小屋在大山的深处，在近乎人迹罕至的北极村以北的桦树岭腹部，一条小溪从小屋前静静地流过。

见到老人时，他正悠然地倚靠在一块青石板上，惬意地晒着太阳。

我问老人："听说您一个人在这里生活了十几年了？没有寂寞的感觉吗？"

老人乐呵呵地说："我不知道啥叫寂寞，我只知道每天都有很多事情要做。"

我不解地问："您这么大年纪了，还有很多事情要做？"

"是啊，早晨起来，带着我的大黑（一只忠厚的老狗），看看我房前屋后的果树、菜园，瞧瞧我那些活蹦乱跳的鸡鸭鹅兔，满眼都是生长的快乐。等露水退去了，顺着那条山梁往上走，能看到一大片漂亮的白桦林，随便找一棵，只要你愿意，就会从那上面一个个像疤痕似的亮眼睛里，读到很多生活真实的秘密。还有，你只需俯下身来，脚边的每一棵小花小草，都会跟你说很多的话呢……”老人说着，忽然将手指放到嘴边，做了屏声的手势，把头仰向蔚蓝的天空。追着老人的目光，我看到了一团洁白如絮的薄云，正变幻着形态朝远处飘去。

“真美啊！”我不禁在心中轻轻地赞叹了一句。

似乎过了好长一段时间，老人才收回那欣赏的目光，不无自豪地告诉我：“多好啊，在这里，不用花一分钱，随时都能看到好风景。比坐火车坐飞机，累得够呛地到外面去旅游要舒坦多了。”

“你天天待在这里，就没有厌倦过？”我想说这里太沉寂了，是不宜久居的。

老人依然笑着：“天天都会碰到新鲜的事情，天天都有让人高兴的发现，怎么会厌倦呢？你看我养的那些花开得多好，还有那些果树，长得多精神。哦，你再看这几只蚂蚁，多勤快啊。”老人怜爱地指着脚边那几只正搬运食物的小蚂蚁，哲人般地告诉我：“细细地瞧，细细地听，细细地品，哪里都有叫人舒心的好景致。”

“没有想过去山外看看么？”我知道老人有个优秀的儿子在

美国经商，很富有。

“也出去走过，但我感觉哪里的风景也没这里的好，天然的美好。”老人站起来，硬朗的身板像一棵阅尽沧桑的老树。

“天然的美好？”我轻轻地重复了两遍，望着老人那一脸的认真，一缕淡淡的芬芳，幽幽地在心底升起。

“是啊，天然的美好。一棵树有一棵树的梦想，一朵花有一朵花的心事，一条河有一条河的故事，一块菜园有一块菜园的日子，它们都是善解人意的好朋友，你可以跟它们说心里话，也可以默默地听它们讲述生活的秘密。只要你愿意，肯停下来，肯用心去观察，去体会，你就会发现身边有那么多的美好，其实很简单，也很丰富，你的心情美好了，你的世界就美好了。”老人的话，清清纯纯，就像那一条叮咚着歌谣自信地流远方的小溪。

“天然的美好”，多么富有深意、又多么富有想象的箴言啊！置身于喧嚣的都市，我陡然少了许多疲惫与烦恼，而多了许多的轻松和惬意，因为我拥有了许许多多惊喜的发现，譬如，从原来叫我心烦的收废品的梆子声中，我听到了一种叫坚韧的声音；在拥挤的公交车上，我看到了一种叫热情的东西；从酷热的加班中，我真切地感到了“我很重要”；从独自的夜晚里，我触摸到了“时间轻轻的脚步”……

生活不能用来将就工作

很偶然的一次出差，我来到中国著名的北极村——漠河。

那晚，我在网上给亲朋好友们上传我在北极村拍的那些漂亮的照片，一位大学同窗看到了，告诉我，听说我们班的小艾，好像就住在北极村。

小艾是我们班的老疙瘩，有一张似乎总也长不大的娃娃脸，笑起来，左颊就出现一个浅浅的酒窝。

大学毕业二十二年了，我与昔日的同窗们散在天南海北，被忙碌的生活羁绊着，不少同学早已断了联系，包括小艾。

第二天一大早，我就委托当地公安局的朋友，帮我找寻小艾。傍晚时分，我正在宾馆里等消息，有人敲门，竟是小艾，他依然那么年轻，我一下子就认出来了。

热烈拥抱后，我拉着他的手："你怎么跟同学们玩起了失踪？很多同学都不知道你藏在这里了。”

“我没藏啊！大家都在忙事业，我在忙生活，联系少了。”他微笑着，左颊上那个浅浅的颊窝还在。

他邀我去他家里坐坐，我欣然地随他下楼。

他说路不远，不用打出租车，我们可以走着过去。

两个人在银装素裹的大街上走着，往事清晰地忆起。足足走了三十多分钟，我身上冒汗了。见我对“路不远”面露困惑，小艾笑着安慰我，马上就到了，结果又走了将近半个小时，走出县城好远了，我才看到雪野上的两栋新楼，那里有他的新家。他原来住的平房也在这里，前年拆的。

一进小艾的家，迎面扑来一股特别的生活情趣，那么鲜明，那么强烈，一下子就攫住了我的心。

“这么温馨，是弟妹的功劳吧？”我问一旁笑盈盈的小艾妻子。

“是我先有了做生活家的理想，她受了影响。”小艾一脸的自豪。

“嫁他就随他呗，做个生活家也挺好的。”小艾贤惠的妻子端上菊花茶，语气里满是幸福。

“生活家？”我第一次听到这个词，有些惊讶。

“很简单，就是把生活当作人生的头等事业。”小艾的书柜里，摆满了他搜罗的奇形怪石，还有他的根雕作品。他在小小的阳台上，竟然安了一个藤萝的秋千。

“我们每个人不都在为过上好生活，在辛苦地打拼吗？”我还是有些困惑。

“为好生活打拼当然没错，只是许多人在忙碌的打拼中失去了生活的乐趣，一味地工作至上、事业至上，把人生的因果倒置了。”小艾轻松的话语里透着玄妙。

“因果倒置？把工作干好，事业有成，这不是很好的生活吗？”我想说这样的生活理念，早已深入人心了，难道有什么不对？

“人生不过短暂的几十年，应该过一种平和、自由、沉思的生活，不过于看重事业的成功与否，不把工作当作生活的目的，而只当作生活的一种手段，当作人生的一部分。”小艾的观点，很容易让人联想到在瓦尔登湖畔生活的梭罗。

“那的确是一种人生境界，可是……”我想滚滚红尘中有那么多的名利诱惑，有那么多的牵绊。毕竟仅有极少数人，才能够像梭罗那样享受心灵的宁静与丰盈。

“那正是人生的真谛，真正绵长的幸福，也是真正舒适的生活。”小艾给我斟了一杯自酿的蓝梅酒。

“舒适？”我更困惑了，我们辛苦打拼也很难获得舒适的生活。

“就像刚才我们一路走来，你可能感觉很辛苦，我却很愉快，有风景可赏，有舒心的话题，还锻炼了身体，这不比拼命地赚钱买车，然后开着车去健身房，要好多了？”小艾随手拈来的小事里，却透着人生的大哲学。

“你说的有道理，我们许多人的奋斗，明明是为了让自己的生活舒适一些，结果却弄得焦头烂额，真是本末倒置了。”我不禁想到生活当中那许多根本没有必要的忙碌。

“是啊，当一个人明白了心灵的自由与充盈，才是生命最可贵的，最值得追寻的，就会放下许多东西，看淡很多东西，就会跟随心灵的召唤，心平气和地做生活的主人，而不是做生活的奴仆。”小艾的眸子里闪着可爱的亮色。

随着更深入的交流，我越发羡慕起小艾了。他大学一毕业，就自愿来到中国最北端的小县城，毫无压力地过着一种近乎田园的宁静安稳的生活，似乎外面的嘈杂和喧嚷，与他毫无关系，他游览的足迹不过是附近的山山水水，但他的思绪飘过了万水千山，穿越了古今。我看了他写的那些有关历史思考性的文章，我敢说比自己花了国家课题经费写的那些所谓的学术成果，要好上许多。

我说他那才是真正地做学问。

小艾摇摇头："我从没想过那是做学问，我只是喜欢思考一些问题，只是在过一种思考的生活，真切地感受思考的愉悦。"

我越来越敬佩小艾了，能够活到他的这种境界，看似是一件容易的事情，但我想恐怕没有多少人能够真的做到，且从容、淡定、欢欣。

我在微博里介绍小艾的做一个幸福的生活家的追求，很快引来大量的跟帖，大家流露的多是羡慕、欣赏和赞叹，不少人表示今后真应该好好打量一下生活的真实面目，思考一下生活的真谛……

读懂一朵花的心事

有一次，去草原参加某杂志社举办的笔会。文友们大都很年轻，一进草原，便欢呼雀跃着骑马去了。那天，我身体不舒服，便找了一块石头坐下来，看着众人纵马远行。

忽然，我看到不远处的草地上，蹲着一个红衣女子，正全神贯注地看着什么。我慢慢走到她跟前，在她身后站了好几分钟了，她都没有注意到我。

我问写得一手锦绣文章的她："是什么东西，让你这么痴迷？"

她一愣，轻声告诉我："是一朵小花，蓝色的，不知它的名字。"

"就为一朵无名的小花，你蹲在这里这么长时间？"我有些惊讶。

“是啊，我好像读懂了它的心事。”她语气里透着一缕欢欣。

“读懂了一朵花的心事？”我不禁敬佩她的敏感和睿智。

“是的，我在看着它，它也在看我，我懂得它的心事，相信它也懂我的心事。”她一语平淡里，透着坚定的自信。

蓝天白云下的大草原上，辽阔无际，那么多的风景，引人入胜。她却偏偏迷恋上了一朵毫不起眼的小花，就像童话里的一个公主，莫名其妙地恋上了那个似乎一无所有的穷小子。

“你怎么会痴迷于一朵无用的小花？”我还是有些困惑。

“谁说这朵小花无用？和它温柔地对视，我感受到了大地的恩宠，看到了生命的孤独、坚韧和顽强，联想到了许多人的经历，获得了许多平素没有的感悟……”她立刻反驳我。

“原来，这一朵不起眼的小花，还有这么大的用处。”我从她的话中，也突然得到了某些新奇的领悟。

从此，每当我感觉孤独和落寞的时候，我总会想起那个聚精会神的赏花的作者，想起她的赠言：“请你读懂一朵花！”

这时，我的胸中似有清风徐徐，似有花香缕缕：原来，世间许多与自己看似不相关的事物，其实都与自己密切相关。俯下身，细细打量，慢慢品味，就会发现彼此竟可以心有灵犀，可以脉脉含情，还可以侃侃而谈。

一位种了50年庄稼的老农，曾饱含深情地告诉我：“其实，每一颗种子都讲义气，每一株庄稼都重感情。”所以，深秋时节，他喜欢一个人坐在收割后的田埂上，默默地望着开始休憩的土地，任绵绵思绪，顺着那些放倒的秸秆，恣意地向四处漫溢，直到很远很远。

我认为这位老农是一位十分优秀的诗人，因为他心细如丝，善于静观默察，懂得土地的心思，明白庄稼的感情。我相信他的心柔软而温暖，相信他的劳作一定是欢愉的，他的收获也一定是丰盈的。

有天，我在课堂上为学生朗读李琦的诗歌《大雪洁白》，当读到“大雪洁白/洁白得让人心生难过/这雪花一朵紧跟一朵/就像冬天张口说话了/一句一句/轻到最轻/竟然是重”时，教室内静寂无声，仿佛一朵朵洁白的雪花，正在眼前飘舞着。那一刻，我的眼睛是湿润的，我看到许多同学的眸子里，也闪动着晶莹的光亮。

是的，我们和诗人李琦一同，读懂了那些人世间最柔美的花朵，知道了那些轻盈飘落的花朵，有着怎样神奇无比的力量，叫人不由自主地心生敬意。

凝视一朵无名的小花，我们会聆听到时光行走的声音，会看到生命绽放与凋零的景象，会蓦然发觉，那句俗语“人生一世，草木一秋”里面蕴藏着深刻的寓意，值得细细品味。

岁月会给你最好的安排

那年，我去湘西旅游。在一个小村里，我看见一位面目安详的老人，坐在一棵老槐树下，微眯着眼睛在打盹。不远处，有两只鸭子正悠然地踱着步子。

我走到老人跟前时，他睁开眼，很随意地问了一句："年轻人，从哪里来啊？"

我告诉他："我来自黑龙江的漠河，一个非常遥远的地方。"

没想到，他竟一语平淡道："那是一个不错的地方，我年轻时去过那里。"

我愕然，瞧他那一副足不出户的神态，谁能想象到他曾去过数千里以外的东北？

老人平静地告诉我："年轻的时候，心思总是被外面的世界牵引着，梦想着走遍祖国的山山水水，兜里面没有钱，就逃票、搭便车，不辞千辛万苦地，去过一些个地方。现在老了，待在家里，忽然发现自己生活的这个小山村，也有不错的风景。”

“人老了，您的心态还很年轻啊。”我想安慰老人。

“脸上有皱纹了，心上也有皱纹了，不能再年轻了。”老人的回答大大出乎我的意料。

“有年轻的心态就好。”我读过一些让人保持年轻心态的书籍。

“年轻的心态就一定好吗？老年人就该有老年人的心态，就像这棵老槐树，你能一眼看到它的沧桑，我能感觉到它满怀的沧桑。”老人的瞳仁有些混浊，目光里却透着岁月一样的深邃。

“是啊，老人就应该有老人的心态，为何非要保持年轻的心态呢？”我想起奥地利作家托马斯·贝雷·阿尔德里奇的名言：“抚平心灵皱纹，便会青春永驻。”我不由得质疑这句一向喜欢的名言：难道青春永驻就是好的？

没错，每个人都熬不过无限的岁月，都会在心灵上刻下岁月的印痕，那些深深浅浅的皱纹，生动地告诉我们曾经历过怎样的沧桑，不同的年龄里，应该有不同的心态，就像树轮，每一圈都大小不一，形状各异，为何偏偏要执拗地青春永驻呢？

记得那一次理发时，我旁边坐着一位精神矍铄的老者。一个年轻的小姑娘一边细心地为老者理发，一边建议他把斑白的鬓角染一染，说那样他会显得更年轻一些。

老者立刻回答道："不染，不染，坚决不染。到了我这个年纪了，头发应该白了，既然白了，就让它白好了。"

"难道您不喜欢变得更年轻一些？"小姑娘还不肯放弃。

"我年轻过了，喜欢年轻；现在年老了，要喜欢上年老。"老者一副随遇而安的神态。

真好！知道自己老了，坦然地面对就好。而一味地渴望不老，希望青春永驻，无论是身体上的，还是心灵上的，其实都是有些不够成熟的表现。

细细想来，生命真的应该如此。顺应岁月的安排，既然身体已经老了，心态随之老一点儿，又何妨呢？一个本已苍老的身躯，反倒非要逼着自己保持年轻的心态，那该是一件多么尴尬的事啊？

人生一世，该天真的时候天真，该青春的时候青春，该沧桑的时候沧桑，感谢岁月馈赠的皱纹，留在身体上的皱纹，和留在心灵上的皱纹，都不必劳神劳力地去抚平，只需平静地接受，就像接受花开花落、云卷云舒一样，自然洒脱。

眼前风物堪寓目

夏日的午后，微风习习。祖父在院子里的那棵老榆树下，悠然地看着一群蚂蚁在搬运食物。他依然耳聪目明，手脚也很灵活。看着那些忙碌的蚂蚁，他的嘴角浮起了孩童般的笑意，像是观赏了一场精彩的演出，他惬意地点点头。许多人不曾留意的那些小生灵，兴奋地摆动的触角，似乎碰到了他的某一个细小的神经，他不禁独自嘿嘿地笑出了声，父亲告诉我，祖父肯定是又看见了有趣的东西。

祖父一辈子没走出过那个小山村。记得十年前，从欧洲旅游回来，我一边给他看我一路拍摄的那些旅游照片，一边向他描述外面的精彩世界。他像一个小学生似的，静静地听我介绍，不时地问我几个相关的问题。我看到了他眼睛里闪动的向往，就对他说，等我赚了钱，就领他去外面的世界去看风景。

他听了直摇头："我可不去，我身边的风景还没看完呢。"

我以为他心疼钱，便告诉他："花不了多少钱的。"

祖父依然固执道："不去，眼前就有好风景，没必要舍近求远。"

我不以为然地说："这么一个小山村，您都待了快一辈子了，哪里还有值得您欣赏的风景呢？"

祖父却无限陶醉地用手一指："看看门前的那座小山，上面有多少棵树，有多少条小路，有多少花草、鸟兽，每一处都是独特的景致，让你看都看不过来；还有这村子四周的田地，每一年都春夏秋冬地变换着不同的景象，也让你看不过来；就是坐在院子里，瞧瞧那些鸡鸭鹅狗，瞅瞅那些菜园和花圃，听听头顶的鸟鸣，哪一天都少不了有趣的风景啊。"

我哑然，很敬佩祖父慧眼独具，他能够从身边最寻常的点点滴滴中，敏锐地发现和捕捉到那么多赏心悦目的风景。

而我们，常常是身在风景中，却浑然不觉。

认识一位农民作家，他思维敏捷，情感细腻，写一手好文章，在文坛内外都颇有影响。奇怪的是，他居然几乎从不外出采风，更不会找时间专门出去旅游。其实，他有很多的机会可以调到省城去当专业作家，去享受现代都市生活。可他至今仍居住在乡村，仍在照料着几十亩土地，像村里的其他农民一样，精心地春种、夏耕、秋收、冬藏，只在晚上和农闲时节，他才埋头于书堆和稿纸间，孜孜不倦地生产精神食粮。

问他为什么一直守着那块土地，不到外面走走，开开眼界。

他笑了："眼前就是一个精彩纷呈的世界，并且在不断变化着，足够我欣赏和咀嚼的了，用不着劳心劳力地到外面走马观花地转悠。"

我仍有些不解："可是，眼前的景象都熟悉了，怎能激发起写作的兴趣？"

他目光深邃地望着天空："就像那些每时每刻都在变幻的白云，身边的人、事、物、景，也都在不断地变化着。细细打量，就会发现简单里面藏着的深刻，就能看到寻常中隐秘的奇崛。好风景不仅要用眼睛看，还要用耳朵听，用手触摸，更要用心灵去感受。怀揣一颗热爱的心，随时随地都能看到好风景。"

我恍然大悟，要遇见好景致，最重要的是拥有一颗爱意充盈的心。

朋友晓红是一个最懂得随遇而安的女子。她在市里的史志编辑室上班，长年累月地与各种资料打交道，不用去看，就知道她那工作该有多么枯燥乏味了，可她每天都乐呵呵地上下班，似乎还很忙碌，有时周末也不休息。她一有空闲，一准会去逛街，独自或者呼朋引伴，挤公交或干脆步行，其实也没什么必买的东西，空手而归也是常有的事，可她一直乐此不疲，年年月月。

我不解地问她："也不买什么东西，天天逛街，不累吗？"

晓红神采飞扬地回答："一点儿也不累，逛街就是在逛风景啊，一路走去，商场里、大街上、公交车站点……随时都能遇到有意思的人和事，随处都能看见新鲜的东西，就像我在单位里整理资料时，总会不经意地就有惊喜的发现，那种感觉实在是太好了。"

"逛街就是在逛风景"，这是我第一次听到的妙论。细细想来，还真有道理。

原来，每个人的眼前都有无数美丽的风景，只有懂得用心去观察，用心去体味，才能领略和感受到其中蕴藏的美，才会由衷地感慨——这世界真奇妙，拥有一颗热爱的心，即使足不出户，也同样可以拥抱世间的许多美景。

好风景不只在遥远处，一颗爱意盈盈的心，会从眼前看似平淡无奇的地方，随时发现迷人的风景。就像有人足不出户，世界也尽在胸中。慧心的人，自然会欣赏到无数的美景。

封存明镜，目送流年

她虽不是一个自恋的女子，却特别喜欢照镜子。她搜集了许多大大小小的镜子，卧室、化妆间、卫生间、厨房、客厅、书房，随处都摆放着镜子。她戏言自己已成了“镜子控”，似乎离开了镜子，她就会有强烈的失落感。

对镜理云鬓，对镜贴花黄，对镜整理衣衫，对镜扮鬼脸，对镜放歌，对镜饮酒，甚至对镜叹息，一颦一笑，一动一静，都在镜子里面。

心理学研究发现，人们在照镜子时，会自动进行美化，镜中的自己比真实长相会好看30%。她知道自己长得并不美，属于那种走进人群里，可以被忽略不计的角色。她喜欢照镜子，与孤芳自赏无关，与顾影自怜无关。无论是光彩照人时，还是神情暗淡时，她都会照镜子，甚至一个人懒散地躺在床上，或睡眼惺忪地打哈欠时，她也习惯于照镜子，似乎只有对着镜子，她才有了安妥的感觉。

她不是在照镜子，而是在照流水一样的时光。一位诗人朋友如是说，她默许之。

那天，在一本时尚杂志上，她看到一篇描写好莱坞影星英格丽·褒曼的小文，提到褒曼生命最后的那几年，一个人的时候，特别喜欢照镜子，那位作者想当然地猜测——褒曼一定是意识到自己已人老色衰，她想在镜子里找回从前那些漂亮的影子。对此，她哑然一笑，自己才知道褒曼突然热衷于照镜子的真正原因，但她不说，那也是她心底的秘密。

那年春天，听闻大学里结识的一位挚友猝然辞世，她怔怔地坐了一个上午。因为半个月前，她们还相约一同去中国最北的地方看极光。

独自对着那条和牡丹同名的大江，一捧捧的花瓣，缓缓地撒到江水中，看着那些鲜艳的花瓣，随着悠悠的江水，朝远方流去，她眼里闪动着晶莹的泪光，胸腔里涌着无言的悲伤。

她看到映在江水里开始发福的身影，看到时光漫过面颊的痕迹。蓦然，“流水照花”这四个字，闪电般地将她击中：不能回头的岁月，已无声地带走了那些青春飞扬的日子，带走了那些缤纷的梦想和澎湃的激情，就像那些从枝头飘落的花瓣，无论自己伸出的双手，怎样努力地挽留，都只能徒唤奈何……

回到家中，她做的第一件事，就是将许多镜子，都打包尘封起来。她已经知道，该来的总会来的，就像自己无论是否照镜，时光都会在自己身上留下鲜明的刻痕，她能够做的，唯有依从岁月无法抗拒的安排。

多年以后，坐在那个叫“好时光”的咖啡屋里，她向我讲述自己一个人和一堆镜子的往事，笑容里闪着慈祥的光，暖暖的，让人心生感动。

走得匆匆的，往往是生命中那些如花的好时光，但我们无法伸手挽留住那些流转的光阴，只能安然地跟着岁月一路向前，且歌且舞，有欢欣，也有忧郁，一切都自然如风。

悠闲是一种态度

朋友从印度加尔各答回来，给我讲了他在那里遇到的一些新鲜见闻：

在这个诗人泰戈尔和修女特雷莎曾生活过的城市里，随便走过一栋古建筑的某个转角处，不经意间，就会碰见一个拿着报纸认真阅读的人，他或依墙而立，或席地而坐，尽管他手里可能只是一份普通的《印度时报》，其实，那上面也没什么特殊的新闻，但看报人却翻来覆去，读得津津有味，似乎那些大大小小的新闻，都与他的生活密切相关。

最令朋友惊讶的是，许多印度人痴迷于阅读哲学书，其次是文学和灵修方面的书籍，他们对那些关乎心灵的书籍，似乎有一种与生俱来的偏爱。好朋友间赠送礼物，多选择哲学文学书，最高级的便是一部名家的经典哲学书。这一点，与在国内见到的大不相同。走进当下的中国书店，摆放哲学书籍的柜台前，总是读者寥寥，人们一窝蜂地追捧那些教认如何赚钱、如何成功、如何考试得高分、如何保健之类的实用性书籍，只因它们似乎能给大家带来直接的、甚至是立竿见影的好处。对比之下，会发现：印度人更愿意花很多的时间，阅读那些似乎“很没有用”的书，而且是乐此不疲。

印度人似乎还特别喜欢辩论，随便一个问题，都可能引来一场辩论。譬如，环球气候变暖、海湾危机、中国模式、太空污染、古建筑保护……这类跟自己的生活相去甚远的问题，偏偏就有许多平民百姓，站在街头，提起一个话题，就自然地分成两个、三个甚至更多的阵营，很热烈地辩论起来，彼此常常争得面红耳赤，互不相让。让一些脚步匆匆的外国人很惊讶：他们怎么会有那么多的时间，有那么大的热情，花在那似乎永远也辩论不出一个结果的事情上？他们毫不吝惜时间，认真而固执地辩论，似乎自己在参与决策世间的很多重大事情，发表一下自己的意见，绝对是十分必要的。

我说，那是他们生活得悠闲。

朋友说，他上面讲的那些见闻的主人公，大都是一些生活在底层的平民，收入都不多，有的只是勉强达到温饱的程度，他们似乎更应该把大量的时间，放在考虑如何赚钱上面，而不应该放到我们认为“无关紧要的事情”上面。

我告诉朋友：“那就更证明他们的悠闲可贵了。”

悠闲？还可贵？在职场打拼多年、事业成功的朋友依然面带困惑。

是的，他们都是精神的贵族，他们愿意把时间、热情、精力花费在那些看似无用的事情上，其实是在追求和享受着心灵的充盈与富足。哲学家波·洛·史密斯曾经说过这样一句话：“假如你正在失去悠闲，当心！也许你正在失去灵魂。”没错，在我们的身边，有许多人在忙忙碌碌中，早已身心疲惫乃至迷失了心灵，已忘了心灵的富足，忘了让自己的生命悠闲一些，再悠闲一些……

其实，一个人只有悠闲的时候，才能够听清生命行走的声音，才能看到灵魂的高贵。活得悠闲，是一种生活态度，更是一种人生智慧。

第二章

向着心中的那片远方

无论人生波澜壮阔，还是生命静水流深，每一棵小草都不需自惭形秽，每一种生活都值得好好地经营。就像每一朵花都能拥抱春天，每一种生活都可以是芬芳的。

向着心中的那片远方

在那个周末的朋友聚会上，我认识了刚刚周游世界归来的肖米粒，她25岁，一身的朴素，一脸灿烂的微笑，透着青春自信与洒脱。听她绘声绘色地讲述她在旅途中的种种神奇经历，在座的每个人在唏嘘不已的赞叹的同时，眼睛里都写满了羡慕。

肖米粒家境并不富裕，甚至可以算得上是“清贫一族”了，她也没有考上大学，她懂得的那一点可怜的外语，几乎连简单的交际都应付不了，但这并没有拦住她一次次将远征的双足踏上前行的旅程，让欣赏的目光触摸世界一百多个国家的美丽的风景。

她告诉我们，第一次去南非，她买完飞机票，兜里只剩下50块钱了，可是，她还是毅然地越洋跨海地飞到了那个梦想的国度。她说自己在初中时，曾读过一篇名为《到路上去准备》的小文，懂得了选好了目标，就应当赶紧上路，至于路途中可能遇到的种种困难，到路上再去想办法解决好了。她常常是兜里只揣着少许的一点儿钱，拿上一张旅游图就快乐地上路了。

虽然她一路上经常拮据得甚至吃住无着，但这并没有一次能够难倒她的。那年，刚到开罗，她就花光了所有的钱，饿了一天的肚子，第二天，靠教当地两个小孩儿句简单的中文，她不仅换来了一顿饱餐，还找到了一份赚取路费的门路。此后，她经常是一路教人中文，一路寻找最便宜的旅店和吃饭的地方，悠悠然地在埃及潇洒地玩了三个多月。在阿联酋，也是在花完最后的两块钱时，她接了一份拍摄户外广告活儿，虽说这活儿很辛苦，给的报酬也不多，但她还是欣然地接受了。因为那不仅解决了她一周的吃住问题，还可以让她免费看到许多难得的风景。

当然，旅游路上惊险的遭遇也有许多。那年冬天，在横穿亚马孙河流域的原始森林时，她的左腿被一种奇异的昆虫叮咬了，只两天的工夫，腿就肿胀得举步维艰了，幸好当地一位好心的土著老人为她敷了一种神奇的草药，才幸运地保住了她的一条腿。还有一次更可怕，她乘坐的旅行车在前往尼加拉瓜大瀑布的盘山公路上，突遇大雨，旅游车在转一个陡弯儿时，车子猛地翻倒在路基下面，幸亏一棵百年老树卡住了车身。要不然，和她同行的一车游客怕都要随车坠入路边那百丈深崖了。

在讲述这样地叫我们听起来都有些后怕的遭遇时，她依然谈笑风生，似乎那些都是文学作品中描述的刺激的事情，她轻松得跟局外人似的，一脸的云淡风轻般的从容与自然。

谈到我们许多人畏难的语言沟通问题，她感触颇深地说："其实，一个人出门在外，只要拥有微笑就足够了。"在很多时候，带上一脸真诚的微笑，就是带上了一份特别的通行证，会很容易地与不同国度的、各种肤色人交流起来的。她至今仍只有靠着夹杂大量手势才能与人交流的有限的一点外语，却并未妨碍她结交了许多心灵相契的外国朋友，走到哪里她都没有感到过孤独与寂寞。就像在我们居住的这个小城里自由地穿梭一样，胆大的肖米粒像天生浪漫的三毛一样，背着简单的行囊，一个人潇潇洒洒地已经游历了世界五大洲的一百多个国家，至今仍没有停下脚步的打算。那天，她随口说了一句很有诗意的话——也许我的生命就在路上。

当我们惊讶于年纪轻轻的她漫游世界竟像在大街上散步一样轻松时，她莞尔一笑："我确实没有多少的钱，脑袋里装的知识也很少，但我知道自己下一步的方向在哪里。"

肖米粒的这句话，让我的心灵猛地一颤，我不禁想起了一

位已至暮年仍不懈登攀的著名探险家在回答记者充满困惑的提问时所赠予的豪迈的誓言——因为山在那里。没错，正是因为耸立在远方的峰峦那不可抗拒召唤，才让攀援者忘却了所有的艰难和险阻，执著地去寻找登顶的路径，并由此诞生了一个个令世人赞叹的奇迹。

调配最美味的咖啡

女孩接连遭遇了几件不如意的事，便对父亲发牢骚，抱怨世事艰难，愤愤不平的语气里流露出对生活的深深失望。

父亲是一家著名咖啡屋的调配师，他望着女孩那因抱怨而阴郁的脸，没有说什么，而是领着她来到自己工作的咖啡屋。

父亲点了三杯名字好听、颜色漂亮的咖啡，让女儿一一品尝，请她选最合自己口味的那一杯。

第一杯特别地苦，女孩只轻轻地抿了一小口，便苦得直皱眉头；第二杯又特别的甜，甜得有些发腻，女孩也不想再喝了；第三杯则有一股奇怪的酸味儿，女孩伸伸舌头，也不想再品尝第二口了。

“都不好喝啊！”女孩咂咂嘴，冲着父亲摇头摆手。

“它们可都是这里的长盛不衰的品牌啊，有不少顾客是专门奔它们而来呢。”父亲平静地抚弄着杯子。

“奔它们而来？真的吗？可它们一点儿也不合我的口味啊。”女孩面带困惑。

“没错，它们之所以成为有名气的品牌咖啡，并非是因为它们合所有人的口味，而是因为它们合部分人的口味。”父亲依然平静道。

“这里最合我口味的咖啡是哪一种呢？”女孩有些急切地问。

“很简单，你可以调配，我先给你做个示范。”父亲拿过一个空杯子，将面前三个杯子里的咖啡按一定比例各倒了一些，轻轻搅拌了一下，便调出一杯新咖啡。

女孩尝了一口，感觉味道还不错，但还有一点儿说不出的遗憾。

“现在，你自己亲自动手，调一杯自己喜欢的咖啡吧。”父亲鼓励已有些许笑容的女孩。

女孩也学着父亲的样子，拿来一个空杯，将三种咖啡各选一些放一起，不断地用舌尖沾一点儿品尝。苦了，就再加一点儿甜的；甜了就再添一点儿苦的，中间再加一点儿酸的。这样，反反复复地尝试着寻找最佳的搭配比例。一个多小时后，女孩终于调出了一杯自己满意的咖啡。

这时，举着自己调好的那杯咖啡的父亲，意味深长地问女孩：“原来并不好喝的咖啡，你是怎么变出一杯自己最满意的咖啡呢？”

“哦，我明白了——最合自己口味的咖啡需要自己去调配，最满意的生活要靠自己去用心地经营。”慢慢地品着咖啡的女孩茅塞顿开。

“没错，生活中的确有很多的不如意，但你不能抱怨什么，因为抱怨除了让你的心情变得更加糟糕，并不能改变事情本身，就像你不喜欢前面这三杯别人喜欢的咖啡，完全可以去调一杯自己喜欢的……”父亲语重心长地进一步启发道。

生活是一门艺术，只有懂得用自己的心调配的人，才能获得更多的幸福。

时间不会冲淡最初的梦想

78岁的祖母那天忽然说她要去学绘画，儿孙们都以为她一时兴起随便说说而已，并没有太在意。谁知第二天，祖母便自己买了纸墨，自己去绘画班报名。

“老奶奶，您是给孙子报名的吧？”负责登记的小女孩微笑着。

“不，我给自己报名。”祖母一脸的自豪。

“可是，您……”女孩想说祖母的年纪这样大了。

“你以为画画还分年纪吗？”祖母没有在意女孩的愕然。

“那倒不是，我只是以为您现在学画画好像没有多大的意义了，有那样的时间和精力，不如多享受享受呢。”女孩直言不讳道。

“难道我学画画不是一种享受吗？孩子，要知道这个想法在我心底都埋藏快六十了，今天能够实现它，那就是最幸福的享受了。”祖母一脸的认真。

“学绘画是很辛苦的。”女孩善意地提醒道。

“做自己喜欢做的事情，享受自己喜欢的乐趣，哪里还有什么辛苦呢？”祖母不以为然地说。

从此，祖母竟像个小学生似的，每天准时准点地去上课，每天都要一丝不苟地完成老师的作业。偶尔，她还把自己的作品拿给儿孙们看看，乐呵呵地接受一番大家的表扬。有时，祖母还会很认真地谦虚道：“别竟拣好听的给我说，也给提点儿意见。”儿孙们便说：“真的已经很不错了，您只是借此找些乐趣，又不打算去搞什么画展。”

“你们怎么知道我不想搞画展呢？难道你们以为我现在已经晚了吗？”祖母生气了。

“不晚不晚，永远不晚。”儿孙们忙哄她，老人孩子似的笑了。

80岁生日那天，祖母真的在小区里搞了一次个人画展，几十幅算不上精美的画，让祖母辛苦好长时间，也幸福了好长时间。

画展结束后，祖母又冒出一个宏伟的想法：她想写一本书，把她这几十年里难忘的经历写下来。

看到我张大的嘴巴，祖母拍了我一巴掌："你以为太晚了吗？"

"不，永远都不晚。"一种不只是敬佩的感觉猛然扣动了我的心扉。

老去的只是光阴，只要始终保有一颗年轻的心，只要努力地去做自己喜欢做的事情，就永远不会晚。

在曲折的道路上走得更远

他喜欢绘画，是在读中学的时候，像他不羁的性格，从第一次拿起画笔，他的眼睛里便没有一位崇拜的老师，他对那些绘画教材上的理论和方法，从来不屑一顾，也不在意别人的评价，只管随意画下去，完全由着性子，自由得近乎放纵。

他报考过好多所艺术院校，但他特立独行的画作，始终未能引起阅卷老师的关注。失败，一个接一个，爆豆似的，劈头盖脸地打在他青春飞扬的脸上。

有老师善意地劝他，不妨去参加一个辅导班，先摸一摸艺考的正路，免得走弯路。

他自然是不肯听的，依旧按着自己的心思，画自己心目中的“杰作”，连续三年参加美艺术院校的本科考试，他都铩羽而归。一颗倔强的心，也曾被失败磨砺得在某一刻柔软过，曾呆呆地望着那些画作，怀疑自己是否真的误入了歧途。然而，他最终还是不肯低头，仍在自己认准的道路磕磕绊绊。昔日的同窗大多已从艺术院校毕业，有的成了小有名气的画家，有的成立了创作室，有的做了艺术院校的老师，他的作品依然无人问津。

偶尔，他听到有人私下里嘲笑他是“给凡·高磨颜料的”，早已对考学无望的他，也只是淡淡地一笑，什么都不说。

父母对他的偏执，很是头疼，但软硬兼施的结果是，他初衷不改，只得无奈地看着他“走火入魔”，彻底放手，不再管他。

好在那位当煤矿老板的舅舅，很喜欢他，给他拿了大把的钱，任他背着画夹，天南海北地游荡，尽管他的画作，没有丝毫艺术细胞的舅舅也根本看不懂，但就是宠着他，近乎溺爱地随他在自己臆想的世界里天马行空。

那年六月，烟雨迷蒙的周庄，临河的阁楼上，饮罢一碗米酒，望一眼窗外形形色色的游客，他陡然生出作画的冲动，便拿起画笔，在餐桌上飞快地勾勒起来。

“好画！”不知何时，一位很有些仙风道骨的老者站在了他身后。

“真的？”第一次听到有人赞叹，他竟有些羞涩，尽管他骨子里一直坚信自己虽然画得不是很好，却也绝非一无是处。

“有境界，有个性，只是力度大了一些，露出了明显的生硬，许是年龄的缘故，但假以时日，自会大有改观。”老者微笑着拈须点拨道。

“多谢大师指点！”已敛了许多傲气的他，听老者的评语还是很顺耳的。

“若想画得好，需苦心品悟。”老者扔下这句话，便翩然而去。

再漫步在周庄弯弯曲曲的河道、桥梁和小巷间，他一遍遍咀嚼着老者赠他的寥寥数语，幽闭的心扉，陡然射入了一丝光亮。

两年后的一天，他在街头作画时，被香港一位著名的书画收藏家看到。那位收藏家竟然让他开价，说要收藏他近两年创作的所有作品。

他起初以为收藏家是在开玩笑呢，便随口说了一个相当大的数字，没有想到收藏家居然一口就答应了。

他惊讶地问收藏家：“我可是一个不知名的画家啊，出这样的高价，难道您不怕投资失败？”

收藏家一脸自信道：“年轻人，我不会看走眼的，你的画作一定会让我赚钱的。”

果然，又过了十年后，他终于声名鹊起，作品畅销海内外，一幅画作动辄数百万元。而他，此时刚过不惑之年。

如今已经客居意大利的他，在一次接受罗马电视台的专访时，谈及自己的成功经验，他给出了平淡而耐人寻味的六个字——弯路也能走远。

当年那些在绘画路上顺风顺水的同窗，虽然也各有收获，但都没有他的成就显著。或许真的像那个大家耳熟能详的成语说的那样——曲径通幽，通往艺术深邃境地的道路，更喜欢弯弯曲曲，而不是笔直顺畅。

而他，也由衷地庆幸，自己没有轻易地走捷径，才赢得今日的柳暗花明。

在一张白纸上画一片幸福

她刚刚大学毕业，正青春灼灼，又天生丽质，追求她的男子很多，他们各有优长，有的事业有成，有的家境优越，有的才华崭露，有的兼而有之。置身于爱的包围中，她幸福着，也烦恼着，因为一时不知该如何取舍。

她向最要好的朋友请教，朋友没有给她明确的答案，而是讲了一个故事：

那年秋天，经历了多次跳槽，依然没找到理想的岗位的朋友，心绪烦乱中，独自去了西北，想看看风景，散散心。

那天下午，朋友路过陇西高原的一个黄沙漫野的小村。在村口的土边，朋友看到一群七八岁左右的孩子，或弯着腰，或蹲在地上，或者干脆跪在地上，正每人手持一截树枝，在刚刚被一场小雨淋过的湿软的黄泥路上，认真地描画着自己心中最美的画图。有画太阳的，有画大树的，有画小人儿的，有画牛车的，每个孩子天真无邪的瞳仁里，都闪烁着一览无余的爱恋。

朋友忽然发现，那个最小的大约只有四五岁的小女孩，一只手里握着很短的一截蜡笔，蹲在那里轻轻摇晃着两个小辫，看着别的孩子尽情地描画，她的眼里流露出明显的渴望，但她的面前却是一片空白，虽然她的另一只手里也握着一截树枝。

朋友好奇地问小女孩："想画什么？为什么不动手呢？"

小女孩仰起脸来："我想画有很多星星的天空，可是画不亮那些星星。"

"哦，原来是这样。我可以帮你画吗？"朋友也随手拣起一截树枝，准备加入他们的行列。

"可以啊，你要是能送我一张白纸就好了。"小女孩突然提出这样的请求。

"这个好办。"朋友想起自己背篼里还有几张没用过的稿纸，忙拿了出来。

"啊，太好了，我可以把星星画亮了。"小女孩兴奋地坐下来，把一张稿纸翻过来摊到膝盖上，拿起那一小截黄色的蜡笔，有模有样地画起来。

朋友凑过去，看到小女孩画好的三颗金黄色的星星，果真比那些画在泥地上的鲜艳多了。刚才还在兴奋地作画的那些孩子，全都围拢到小女孩身边，他们不无羡慕地看着小女孩膝盖上的蜡笔画。小女孩则一脸的自豪，像一个骄傲的小公主。

原来，她只要一张白纸，就可以实现自己的心愿，就可以那么幸福地站在叫人羡慕的中心。那一刻，朋友如醍醐灌顶，恍然明了："一直让自己烦恼的，不是工作岗位的好坏，而是自己心里塞了太多的欲求。"

后来，朋友在选定的岗位上，快快乐乐地工作，没过多长时间，便成绩斐然。

听了朋友的故事，她茅塞顿开——只需要一张白纸的小女孩，和只需要一份喜欢的工作的朋友，都那样地找到了幸福。其实，自己跟他们一样，要获得幸福的爱情，其实只需遇到一颗与自己相爱的心。

面对生活中纷杂的事物，面对诸多难以取舍的选择，别纠结，别犹豫，先清楚自己最想要的是什么，然后，全身心地投入其中，你就可以轻松地获得属于自己的幸福。

做一个灵魂有香气的女子

舒雅来自呼伦贝尔大草原，她的父母都是野草一样普通的牧民。她的勤快，似乎是与生俱来的。因她无怨无悔地主动的打扫宿舍，每次院系组织的宿舍卫生评比，她的宿舍都拿优秀。舍友晓嘉开玩笑道："舒雅，跟你住一个屋子，都不好意思不讲卫生了。"她听了，只是淡淡地笑笑，仿佛一切都是自然而然的，没什么值得大惊小怪的。

舒雅很特别的一点，是她上课居然从来都不记笔记。这一点跟我一样，但我是因为一向懒惰，特别不爱动笔，另外，我还喜欢借此顺便炫耀一下自己不错的记忆力。而她，是不屑于去一字一句地记录老师的讲课内容。

在她看来，记在本子上的东西，只是把老师讲的东西暂时储藏、下来，如果最终不能被自己真正地理解消化了，储存得再多也毫无用处。她更愿意跟随着老师的思路，驰骋想象，一边品味老师所讲的东西，一边形成自己的感受和认识。

她甚至对某些老师的授课，都不怎么感冒，不愿意多花费时间去听那些人云亦云的“瞎白话”，只是她没选择逃课，而是身在课堂，心游万仞。有时候，听到老师陈旧的宣讲，她会翻开一本刚买的《诗刊》，眼睛里闪着光亮，思绪悠悠。

那一刻，或许她的心已飘荡在了故乡的草地上，或许正有诗意栖息在一朵无名小花上……那样幸福地走神，我认为是一个中文系学生必修的一门课。

前桌的舒雅，算不上是美女，但她身上有一种招人迷恋的气质，很特别，具体是什么样的一种气质，我说不上来，写小说的阿丰也说不上来。反正，是那么显而易见，却没法描述的一种魅力。读到李琦的一首名为《头发》的诗歌：“有些爱很简单/简单得就像头发/你可以一目了然/却总是无法数清。”诗人敏锐的感觉，与我对舒雅的美或者魅力的感觉非常暗合。

听说舒雅去师大艺术学院做裸体模特后，最无法忍受的人，是罗西。

他实在弄不明白，那么清纯的她，不为了赚钱，为何要将自己圣洁的胴体，展示在那些同龄的男女生面前，任他们从不同的角度观察、描摹？她这是在为艺术而“献身”吗？

罗西是开着奔驰来学校报到的，他长得特别帅，再加上一身的名牌，让不少小女生眼睛发亮。罗西不单单是一个很张扬的“富二代”，还是一个绝对聪明的“学霸”，不少同学都在为外语四级怎么过关头疼时，他已轻松地过了六级。似乎也没见他怎么用功，成绩却是好得叫人嫉妒，年年拿一等奖学金。

向舒雅表白爱意，是大一放暑假时，他开车送她去火车站。

那天，他直率地告诉她，他不可救药地爱上了她，不管她答不答应。她却好像听着别人的事情，一脸平淡道：“哦，原来是这样啊！”似乎一切都十分自然，自然得就像草原上的花落了又开了，不需要解释什么。

她没有问他因为什么爱上她的，也没有拒绝他。但她说了一句颇有意味的大白话：“爱上一个人，其实是一件很简单的事情，就像春风爱上杨柳。”

罗西从不给舒雅送名贵的礼物，因为他知道，送了她也不会接受。

她爱上他，不是因为他殷实的家境，不是他出手的阔绰、大方，而是他自然流露的那份真，那是忙忙碌碌的人们身上日渐稀少的一种东西。

他们的爱情云淡风轻。

有不服气的女孩，很不看好他们的爱情，认为她这个丑小鸭根本配不上他这个白马王子，明里暗里使着各种手段，期望能从她手里把他抢过来。她却一副命运在握的自信：随便谁来抢，若他真的被抢走了，那不是因为自己还不足够优秀，而是彼此爱得还不够多，不够深。

他问舒雅，她去艺术学院做裸体模特，为何不跟他商量一下。

她平静道：“我觉得这是一个不需要商量的问题。”

他有些痛心：“是不是我在你心中不够重要？”

她惊讶：“你怎么会有这样的想法？正因为你是我心中很重要的人，所以，我才相信你能够懂得我的选择。”

“可是，我真的不懂。”罗西压抑着心中的责怨。

“那你就让时间告诉你答案吧，我不想多解释。”她第一次有些陌生地看着他那张变形的脸。

“我希望你在我懂得之前，别再去做了，你没有注意到同学们异样目光吗？没有听到他们私下里的议论吗？”他央求她。

“那是不可能的。我做的事情，是很磊落的，没有什么见不得人的，我不会在意别人怎么说的……”她意志坚定，仿佛红色经典里的一位久经考验的革命战士。

“我知道，你那样做，是出于对艺术的敬重，可是……就算是我求你了，不要再陷入的漩涡了，好吗？”他第一次向她低头乞求。

“别人说什么是别人的事情，我做什么是我的事情，你不用这样求我，求也没有用，就像爱情。”她斩钉截铁道。

“难道你宁肯伤害我们的爱情，也非要坚持你的这个选择？”他真的生气了。

“如果你想将自己错误的想法，强加到我的头上，那我只能遗憾地说，伤害了我们的爱情的，恰恰不是我，而是你。”她理直气壮。

“你总是有理，我相信你将来有一天会后悔的。”他扔下这句话，转身离去。

“后不后悔，那是我的事情，而是将来的事情，现在，我只想听从心灵的召唤，谁都别想改变我认准的事情。”她掷地有声地回敬，内心有被侮辱的委屈，一股股地涌来，她禁不住潸然泪下。

后来，他向她赔礼道歉，说自己不该那样霸道地干涉她的选择，尽管是因为对她太在意了，因为深爱，才伤害了她。

她只说了一句简单的话，他还是不懂她。

而最好的爱情，不正是因为彼此深深地懂得吗？

他们原本被我十分看好的一段爱情，最终还是像许多校园里的爱情一样，经不起时间打磨，随着毕业季的来临，很快便成了一段冷暖自知的往事。

罗西毕业七年里，经历了两段令人感慨唏嘘的短暂婚姻。如今，一个人仍在情感的长河里沉沉浮浮，他不知道，什么时候，在哪里，才会遇见自己的真爱。

那个周末，我俩在他的大房子里喝红酒，一杯又一杯，喝得两个人醉眼惺忪，酒酣胸胆尚开张。

罗西泪眼迷离地问我："你说，舒雅为什么不听我的话？我当初那样劝阻她做裸体模特，难道有错吗？"

"你没有错，她也没有错，错的是你们都太认真了。"我不无惋惜。

"难道爱情不应该认真吗？"

"当然，应该认真。但说到底，你我还都是俗人，还习惯于看着别人的眼睛行事，还是太在意别人的说法，还是为别人活着，人家舒雅是一个灵魂有香气的女子，真正地懂得什么才算是活出了自我，她和我们还有着一段距离。"我拍拍他的肩膀。

"也许是吧。"他有些无奈地垂下头来。

后来，听说舒雅嫁给了一个年长她10岁的旅行家，两个人天南地北地走了很多地方，爱人摄影，她写游记，出了两本书，很小众的那种，就像他们的爱情和他们的生活。

一位同学在欧洲遇到舒雅，在电话中向我讲述舒雅的近况，说她还是大学时那样率真，那样随心所欲，像三毛笔下的吉普赛人一样，叫人感到亲切，还有一点点的陌生。

末了，他慨叹：“很羡慕她和爱人的那种洒脱的生活，但是，我们真的是学不来，也做不到……”

“因为有些从容、优雅、洒脱……不是学来的，是与生俱来的，是藏在骨子里的，是渗透到灵魂里的一种香气……”我又想到了那天与罗西的倾心交谈。

“你说得真对，她就是一个灵魂里有香气的女子。”同学也赞同。

没错，有怎样的精神信仰，就有怎样的选择，就有怎样的人生。最好地活着，说到底，还是要超出物质层面的。让灵魂散发出迷人的香气，看似很容易，却是要一生不懈地努力的。

不加锁的大门

那天，我去一个偏远的林区小镇看大学同窗晓薇。

车子在崎岖的山路上颠簸了四五个小时，才把我带到那个晓薇在信中描述得无限美丽的小镇。到了她的学校，她正在上课，而且是连续的4节课。晓薇就让我先到她家去休息一下。

我正疲惫，听明白了她指示的去她家的路，便向她要钥匙。

她莞尔道：“去吧，我家没锁门。”

“没锁门？那你家里有人？”我惊讶道。

“没人啊，你放心地去吧。”上课铃声响了，晓薇赶紧走了。

晓薇怎么搞的？家里没人也不锁门，不怕……我疑惑不解地朝她家走去，沿路上又问了两个热心人，在他们的指点下，我顺利地找到了晓薇的家。

轻轻一推，外边那扇黑色的大铁门“吱呀”一声开了，往里走，内屋的门也没上锁。

无须上锁，难道这儿已达到了“路不拾遗”的文明程度？我心里嘀咕着，打量起晓薇整洁、简朴的小屋，屋里除了两个惹人注目的大书柜，两张硬木书桌外，唯一的电器就是一台14寸的老式电视了。

晓薇上班不锁门，难道仅仅是因为她的清贫？虽说她是我们那届同学中分配到最基层的一个，日子怎么也不该是最苦的了……

晓薇回来时，笑着问我：“光临寒舍有何感受？”

“是有点儿‘寒舍’的味道。晓薇，你丈夫在县委宣传部上班，你文笔那么好，调到县城上班该是没多大问题吧？再说了，总这样两地分居也不是办法啊。”我关切地问道。

“我和爱人倒是都觉得这样挺好的。”晓薇一脸的幸福。

正说着话，左邻右舍听说晓薇来了同学，纷纷送来吃的：鲇鱼、香肠、咸鸭蛋……还有一捆生菜、一碗鸡蛋酱。笑迎那一张张亲切的脸、那一句句暖暖的话，我感受着这里的人们对晓薇的尊敬和关心，感受着人与人之间那浓郁的亲情。我不无羡慕道：“晓薇，你人缘真好，摊上这么好的邻居。”

“这回你该明白我为何不上锁了吧？”晓薇麻利地拾掇着饭菜。

“家里没人，还是锁上门好。”我想起自己在省城的家，那厚厚的防盗门，左一道保险、右一道机关地锁得紧紧的，还经常担忧呢。

“不能锁的，家里常来人。”晓薇轻松地回答道。

“常来人？你不在家时，家里还来人？”我更惊讶了。

“对呀，你看，我家有一口宝井呢。”晓薇指着厨房里的一口压水井自豪道。

“怎么，你们这里还没吃上自来水？”我真有些恍如隔世的感觉了。

“快了，明年这个时候就能接上了，我家这口井打得深，水好喝，现在邻居们都愿意来我这里打水。你说，我能锁门吗？”

“你可以规定一个打水的时间嘛，要不你的家不成了随来随往的供水站了？”

“对啊，我就是要建一个全天候的供水站啊！”晓薇爽快地说。

“你放心地让邻居来打水，难道不怕有坏人趁机闯进来拿东西？”我不放心道。

“不用怕，我这屋里随时都有熟人来往，前屋后院的老人都会帮着我照看着呢，再说了，即使有小偷进来，你看看，我这儿有啥值得拿的……”晓薇露出一副很开心的神态。

很快，巧手的晓薇便用邻居送来的东西，做出一大桌子色香味俱全的菜肴。一边吃着可口的饭菜，一边细细地品味着晓薇对我讲述的一件件浸润着浓浓亲情的小事，我竟生出了无限的羡慕。

整日地劳心劳力的我，坐在晓薇简朴的小屋里，心中拂过缕缕温馨，心情陡然轻松了许多。

回去的路上，我的眼前老是晃动着晓薇那甜甜的笑容，她那不上锁的大门，她那引以为自豪的压水井……那些生动的景象，像一股清凉的风，吹得我的心一片澄净……

真正的幸福，不在于是否拥有豪宅大院，不在于拥有多少财物，哪怕仅有一口蕴藏清澈、甘甜的井，只要有一颗时时敞开的、无须上锁的心灵，即便是清贫的日子，也会散发出至真至醇的芬芳。

认真的人运气不会差

二十年韶光流水般逝去，大学同窗再聚首，昔日羞涩的淑女较劲儿似地夸耀自己老公和儿女的优秀，当年自卑的男生则在高谈阔论各自行走于社会江湖的骄傲。

聚会组织者抛出一个话题：“毕业后最开心的那一天”。每个同学都向大家讲述了自己最开心的那一天：有评上高级教师的那一天，有当上处长的那一天，有移居美国的那一天，有卖彩票中大奖的那一天，有双胞胎考上大学的那一天……林林总总的“最开心的那一天”，令每个人的脸上都溢满了幸福。

最震撼人心的，也让人不禁泪光闪烁的，却是当年的“校园诗人”潘岳讲述的自己毕业后最开心的那一天：

“大家都知道，我一毕业就去了那个偏远的矿区小镇，当了一名语文老师。那所学校办学条件特别差，连一个简陋的图书馆都没有。我刚去报到时，也萌生过要离开的念头，可一登上讲台，面对那一双双充满渴求的目光时，我便猛然意识到：自己是那么卑微，又那么重要。

“于是，我决定留下来，努力去做一名让学生喜欢的好老师。我没有满足于把课讲好，把班主任工作做好，我还想给学生们建一个图书室。有了这个想法后，我便开始行动了。因为买不起新书，我就骑着那辆二手自行车，每个周末都走街串巷去收购别人淘汰的旧书。几个月下来，我把学校附近的几个村镇都跑遍了，收购了三百多本书，也花掉了我两个月的工资。

“学校腾出了一间教室，专门存放我收购来的图书，还安排了一位教工做专职的图书管理员。看到学生们兴奋地翻阅着我收购来的书籍，我在那些奔走日子里所受的苦、遭的罪，全都烟消云散了，心里像灌了蜜一样甜。

“那天，我乘公交车去了更远的县城，期望能收购到更多的书籍。但转了整整一天，并没有令我欣喜的收获。我没有灰心，找了一个10元钱一宿的个体旅店住下，准备第二天再去碰碰运气。

“晚上无意的闲聊时，旅店老板得知我是一个老师，正四处奔跑着为学生买旧书，他向我透露了一个让我睡意全无的好信息：县城里有一家大化工厂倒闭半年多了，那个工厂原来有一个不小的图书室，有上万册的图书，以前淘汰过一些，也丢失过一些，听说还有一些没处理掉的。

“第二天一大早，我就急匆匆赶到那个倒闭的化工厂，两个留守看护厂房的人，听了我的来意，告诉我说，那些书好像领导已答应卖给一家废品收购站了，并谈好了价钱。我急切地请求他们让我先筛选一些，我可以多给他们一些钱。他们打电话跟领导请示了一下，同意让我先挑选，但我得再多加100元钱。

“走进那个布满灰尘的图书室，我的眼睛都亮了，那里面真有不少好书啊，有的还是新买的，都没有拆封呢。我一排排地搜寻着，把我认为适合学生阅读的，全都堆放到一起。从早上一直忙到下午三点多，我兴奋地看着挑选出来的足足有两千册的书，全然忘却了饥饿和口渴。交款时，我发现兜里带的钱不够了，便打电话向住在县城里的同学求援。拿到钱，我又租了一台敞篷的农用四轮车往学校运送。为了省下搬运费，我一趟趟地把书从三楼搬下来装上车，累得我几乎都虚脱了。黄昏时分，我才把最后一捆书搬上车。

“我费力地爬上拖挂车厢，躺在书堆上，肠胃开始咕咕地叫唤。这时，我才意识到自己已经一整天没有吃东西了。可是，看着那一车的书，我竟嘿嘿地笑了起来，仿佛捡到了大块的金子。

“四轮车在公路上突突地跑着，疲惫不堪的我躺在那里，想着下个月开工资要先还给同学，再去购书恐怕要等两个月以后了，也好，自己可以好好休息一下。我想着想着，便开始打瞌睡了。

“我正在迷迷糊糊之中，忽然听到司机惊慌地大喊着：‘快跳车！快跳车！’

“我猛地睁开眼，发现行驶在那座老旧的公路大桥上的四轮车，正失控地七扭八拐地跳着舞，显然是车闸突然失灵了，司机已无法操控了。那一刻，我本能地用身子护住那一车的书，全然忘了失控的四轮车随时都会给我带来致命的危险。

“司机又冲我喊了一声‘快跳车’他迅速地跳下了车，车头径直撞向了大桥护栏，随着护栏‘咔嚓’的断裂声，车速也骤然减缓，但车头还是在惯性的带动下，冲破了护栏，摇晃着悬挂在大桥侧面，幸好后面的拖挂车厢被突起的一截钢筋卡住了，没有随之坠入桥下去。大桥下面是湍急的河水，翻滚的浪花不停地奔流着。要是拖挂车厢没被卡住，我和那一车书恐怕都没命了。

“我慢慢地爬下车来，看到坐在地上一脸煞白的司机，我才后怕地意识到刚才真的可谓是惊心动魄，我们两个人都命悬一线。司机惊愕追问我：‘刚才一个劲儿地喊你，你为什么不跳

车？是吓傻了吗？'

“我心有余悸地说：'我当时脑子里只有那些书了，已经忘了危险。'

“司机很后怕地说：'你真是一个书呆子，命重要，还是书重要啊？不过，也可能是你平素积善行德了，老天有眼，遇到这么大的危险，我们人和车居然都保住了。'

“'真是幸运！真是幸运！'我连连慨叹，若是我们当中谁有个好歹，后果真不敢想象。

“等救援的车将悬在桥侧的车头拉上来，把书拉回学校，已经是后半夜了。我瘫软地倚坐在宿舍床上，一口气吃下三大包方便面。

“闻讯赶来的校长和老师们，听我轻描淡写地讲述了这一天的经过，都为我感到庆幸。的确，那一天，我弄到了那么多的书，又逃过了那一劫，真的是很幸运。

“要说毕业后最开心的一天，我想就应该算是那一天了。”

潘岳平静地讲完了自己最开心的那一天，掌声久久不息，同学们的眼睛都闪烁着晶莹。

好几个女生抹着眼泪，说潘岳你可把我们大家都吓坏了，以后再也不准你干那种傻事了，如果再需要书，你就跟同学们说，我们大家共同想办法。同学们也异口同声地响应着。

潘岳又兴奋地告诉同学们，他所在的学校如今已是省级示范学校，上面投资建了图书馆、语音室、微机室、实验室，早已今非昔比了。看到学校一天天的变化，他每一天都很开心。

毕业二十周年聚会，潘岳讲给大家的“毕业后最开心的那一天”，在此后的许多次同学相聚时，总会被情不自禁地提起。每次提起，大家仍不免感慨唏嘘。

能够为了他人的快乐，把所有的苦与难都默默地吞下，这是怎样令人肃然起敬可敬的情怀？走在无私奉献的路上，苦难会凋零，贫穷会走远，爱的枝头上，繁花灿然。

第三章

陪生活跳支舞

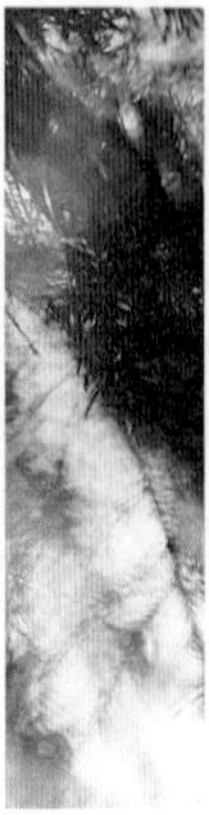

只要你听从心灵的召唤，沿着真善美指引的方向，让爱和智慧一直陪伴你前行，不管是顺境还是逆境，任何一段旅程上，你都会看到无数美丽的风景，都会遇见欢喜和感动。

陪生活跳支舞

她是那两条街道的保洁员，她个子不高，也不漂亮，是一个很普通的女子。我每天晨练时，都能看见她忙碌的身影，我不知她几时开始的清扫工作，也不知道她几时结束。更多的时候，我只看到她舞动一个长把的扫帚，像舞动一支如椽大笔，从街道这端舞到那端，一丝不苟，将那些散落的废弃物聚拢起来，然后再将它们一车车地清理干净。

忙碌完了，她会顺着街道走一个来回，像是欣赏自己得意的作品，她的目光再次打量一番刚刚清扫过的街道，看到不知哪位刚刚扔下的一团废纸或一个烟头，她会弯腰捡起，把那微小的缺憾轻轻地弥补。

从春到夏，从秋到冬，她是我熟悉的最早迎接晨曦的人，她似乎对那份工作很喜欢，也很珍视，我从没看到她偷懒的时候。她那份一丝不苟的认真，给我留下了深刻的印象。我曾多次在写作课堂上讲起她，讲她大口罩遮不住的笑容，讲她从不抱怨的好脾气，讲她总是热情满怀地对待那似乎单调而乏味的工作。

一个夏日的夜晚，我终于完成了一项繁重的教材编写工作，难得有闲暇和情致，我决定到街上走走，看看城市的夜景。不知不觉间，一阵欢快的舞曲，将我引向那个开放的公园。柔和的月光洒在那块不大的空地上，一大群人围拢在一起正翩翩起舞。他们大多是中老年人，其中也不少已是白发苍苍。

我停下来，悠然地欣赏着大家轻盈的舞姿，心中感慨着生活的舒心惬意。忽然，我的心一颤——哦，她也在跳舞，每天早早起来忙碌的保洁员，换了一件红色的短衫，像一团燃烧的火焰，正伴着欢快的旋律，摇晃着柔软的身子，尽情地舞蹈着。

一曲结束，她站定，用手臂擦了擦额头的汗珠，等一支舒缓的乐曲响起时，她竟变成了领舞者，站在众人前面，引领大家做一套优美而复杂的健美操。她做得那么认真，那么投入，一扬首，一展臂，一旋转，一弯腰，每一个动作都那么轻松、自如，仿佛是一位专业的舞蹈教练。我一时不敢相信——眼前这位美丽的舞者，难道真的是我平素所见的那个挥舞扫帚清扫街道的她吗？

我又走近一些。果然是她，一点儿没错。她也发现了我，冲着我微微一笑，打了招呼。

我好奇地问一位坐在一旁歇息的老大爷，问他是否认识她，老大爷爽快地告诉我：“她姓乐，常来这里跳舞的人，没有不认识她的，许多人都是跟她学会跳舞、学会做健美操的，这里的人都管她叫乐老师。”

“乐老师？她不是保洁员吗？”我不无困惑地问老大爷。

“没错，她是一个保洁员，听说工作还挺辛苦的，可她特别喜欢跳舞，几乎每天晚上，都来这里带领大家跳舞，真是活得有精神。”老大爷啧啧地赞赏着。

“其实，她也挺不容易的。”旁边的一位老大娘插话道。

“是不容易，每天都要起早扫大街，那活儿又脏又累的。”我感慨道。

“累一点儿倒没啥，你不知道，乐老师挣钱不多，还要照料一个二十多岁的痴呆儿子。”老大娘向我爆出一个令我吃惊的信息。

“她还要照料一个痴呆的儿子？”我无论如何也不能想到乐老师还那样不幸。

“没错，你往那边看，坐在那个石凳上傻呵呵地拍巴掌的那个小伙子，就是乐老师的儿子，听说是先天性的痴呆，她每天都带着他来跳舞。”顺着老大娘手指的方向，我看到了乐老师痴呆的儿子。

“我还听说，她去年做了一次大手术，割掉了一个很大的肿瘤，幸好是良性的。”老大爷又向我介绍道。

“哦，那么多的不幸都降临到她头上了，她的工作还那么辛苦，可是，她还能如此快乐地跳舞，真是令人敬佩。”我不禁对她肃然起敬。

“乐老师说过，有很多事情是她不能改变的，她能改变看事情的心态，既然愁眉苦脸是一天，快快乐乐也是一天，那么，何必要在不幸上撒盐呢？她要每一天都幸福地舞蹈。”老大娘说出了乐老师如此达观的原因。

“每一天都要幸福地舞蹈”，望着被众人簇拥着幸福起舞的乐老师，我轻轻地重复了一遍，心灵似被什么猛地扣了一下，我突然想起了帕斯卡尔的那句名言——人是一根会思考的芦苇。没错，有了思想的支撑，脆如芦苇的人也会变得无比坚韧。

懂得从苦涩中咀嚼甘甜，懂得从艰辛中品味富足，懂得为心中憧憬的幸福起舞，平凡的乐老师，用灵动的舞姿，舞出了令我们炫目的美丽，舞出了令我们向往的美好。

希望是开在苦难上的花

踏着金黄的落叶，我沿着松花江大堤徐徐而行。秋日的江水，像一幅陈年的油画，多了一分宁静与澄碧，也多了一分耐人寻味的深邃。

受北京一家杂志社的邀请，我要去采访一位已是耄耋之年的剪纸艺人。因为距约好的时刻还早，我便决定先在江畔走走。于是，我就惊喜地邂逅了那个在江堤上以水代墨练书法的他。

这些年来，在城市里的许多公园或广场上，我不时地会碰到一些拎着水桶，拿着特制的笔，旁若无人地挥毫泼“水”，一展水书技艺的书法爱好者。偶尔，也会驻足欣赏一会儿，默默地品评一番。

他一下子吸引住我目光的，是他手中挥舞的那支独特的大笔，更像是随处可见的一把拖布，长杆的一头是粗糙的棕棉，那样随意而懒散地一束，与我在单位里每天擦地的拖布没什么两样。

然而，就是那样一把再寻常不过的拖布，被他蘸了清水后，一只手挥舞着，笔走龙蛇，上下翻飞，一会儿的工夫，江堤上便留下一串气势磅礴的行草。

“哦，好功夫。”我禁不住赞叹起来。

“过奖了，不过是信手涂鸦而已。”他谦逊着，手却没有停下来。

“练了很久了吧？”我指了指他那遒劲的书法。

“一年多了。以前身体没毛病的时候，整天忙着工作，怎么也不会想到我这个大老粗，还能练书法，而且是水书。”他淡然地回答。

“看你现在这身手，蛮健康的啊！”看他很轻松地舞动着手中的拖布之笔，谁能想象到他是一个病魔缠身的人呢？

“是的，我也感觉自己很健康。”他脸上泛着红润的光。

他与我接下来的交谈，却让我惊讶万分。他语气平淡地告诉我，他姓耿，今年刚刚五十岁，去年查出了胃癌，已切除了四分之三的胃。上个月，又查出了胰腺癌，医生说已没有动手术的必要了。

我怔怔地看着老耿，仿佛在听他轻描淡写地说着别人的事情。

“你是不是很奇怪，我都是被死亡预约了，为什么现在还要练字？”他看出了我的困惑，“我只读过五年书，这一辈子似乎都没有摆脱贫困，日子稍微好了一点点，又让癌症给缠住了。刚开始，我也曾抱怨命运不公。后来，也就坦然了，穷也罢富也罢，好也罢坏也罢，不都是过日子嘛？于是，我就决定用最节俭的方法练练字，补上年轻时的遗憾。”

“就这么简单？”我望着老耿那早已悟透人生的双眸。

他点点头，又继续书写，这回他写的是楷书，内容是《声律启蒙》中的句子。

看着他那样一笔一画，认真得像一个小学生。我不由得对着那些很快便要被阳光擦掉的字迹肃然起敬，仿佛那些匆匆逝去的水字，是一只只会说话的眼睛，在无声地告诉我关于生命和人生的某些真谛。

在告别老耿去剪纸艺人的路上，我又有幸结识了一位摆水果摊的诗人。

我在挑选水果的时候，他似乎根本没看见我这位顾客，只顾握着一截铅笔头，在一个演草本上快速地涂抹着，他头摇晃着，嘴里还在不停地念叨着。

耐心地等他停了笔，为我称量、包装好水果，我好奇地问他：“刚才那么专注，在写什么呢？”

他有些腼腆道：“写诗呢，突然来了灵感。”

“我可以拜读一下么？”我怎么也不会想到眼前这个人，在这样的生活境况里，竟然还保持着一份难得的诗情。

“只是喜欢，主要是写给自己看的。”他犹豫了一下，还是把写诗的本子递给了我。

哦，他写了不少呢，其中不乏让人眼睛一亮、心灵一颤的好诗句，比方，写向日葵的：“你金光四溢的花环/将明媚地旋转整个夏日/像花中的女皇/威仪而典雅”；写菠菜的：“你内心深藏的铁/有着怎样摄人魂魄的光芒/在生命中多么不可或缺”；写彼岸花的：“你不是我的彼岸花啊/我谦卑的愿望/缀满所有感恩的土地/从一粒被岩隙收容的种子开始/此后的时光全部用满怀的期待和追寻充盈”……读着他的那些从生活中提炼出来的精美的诗句，我的心仿佛被一双温暖的手轻柔地抚摸着，尘世的喧嚷和嘈杂，在那一刻全都被屏蔽了。

“真好！能够写出这么多美丽的诗句，真是一个叫人羡慕的诗人。”我敬佩地望着面前这位其貌不扬的水果摊主人，想他一定有着锦绣的心思。

“谢谢您的鼓励，我写诗只是不想让生活低到尘埃里。”他随口的一句自白，竟也是那样的诗意盎然。

我在剪纸老艺人素雅的小屋里，从老人的口中得知，那个摆水果摊的中年人，妻子是一个精神病患者，他下岗多年了，靠着摆水果摊供出了一个读北大的女儿。我又一阵惊愕后，又提到了老耿。老人轻轻地道了一句："这样优雅的人生，在我们的身边，其实有很多呢。"

是啊，仅仅在一天里，我便有幸遇见了三位拥有优雅生活的人，他们虽然都是普通的凡夫俗子，也有着常人的苦恼、窘迫与无奈，但他们都不约而同地选择了优雅，选择了站在精神高地上，把世俗的日子过得更精彩，更有品位。

唯有悟透了人生的真谛，方能淡定地将苦难轻轻拂去，方能从容地将一份简单的生活打理得那般活色生香。那样的优雅，是尘埃里开出的花朵，有着一份神圣的高贵。无论是谁，只要心中不失美好，就一定会向世界呈现自己独特的优雅。

收集幸福

我认识这样一位文友：他患有先天性小儿麻痹症，走路一瘸一拐的，一张有些夸张的豁嘴，让他小时候备受奚落。他的家境也不大好，高中没毕业便辍学了。他换过好多种工作，但几乎都属于脏、累、苦的那类，他的婚姻之旅也是一波三折。不过，尽管如此，他却整天乐呵呵地忙碌着，周身上下洋溢着无法掩饰的快乐，好像自己就是天底下最幸福的人似的。

如今，他有了可爱的妻子和女儿，文章写得也越来越出名。

在夏日的某个午后，被一些琐事搅得心烦意乱的我坐卧不安，便到街上走走，不知觉地便踱进了他那间不大的小屋。看到他正哼着歌摆弄那几盆挺普通的花，便一脸惊奇地问他："瞧你一天天像中了奖似的高兴，难道你就没有碰到过什么不开心的事吗？"

“怎么会碰不到呢？”他满眼爱怜地给花松土。

“那你为什么总是那么快乐呢？”我有些不解。

“因为我懂得收藏阳光啊！”他冲我神秘地笑笑。

“收藏阳光？”我一头的雾水，大惑不解地望着他。

“是的，过来给你看看这个，你就知道了。”说着，他递给我一个书写得工工整整的日记本。

我好奇地打开日记，看到了下面这样一些跳跃的文字：

“今天，我只用两分钟就疏通了邻居的下水道，邻居直夸我是他见过的最棒的疏通工，以后要给我介绍更多的一些活儿。看来，掌握一门受人尊重的手艺是一件挺幸福的事情啊。

“今天，收到报社寄来的8块钱稿费，给女儿买了一包跳跳糖，她高兴地跟我表白了她的理想——长大了也当作家，也写稿挣钱。嘿嘿，我这位‘作家老爸’言传身教得真不错呢。

“今天，在市场上碰到一个卖瓜的朋友，他非要白送我一个西瓜，实在推辞不过，我就送了他儿子两本杂志，我说我们是物质与精神交流，他很高兴，我也很高兴。看来，朋友间的馈赠，并不需要什么贵重的东西，重要的是那一份真诚。

“今天，我终于学会了仰泳，是一位退休的老师傅教的。他真有耐心，足足教了我半个月，我都快泄气了，他还那么信心十足。看来，那句话说得真有道理——因为没有了信心，许多的成功便不可能。

“今天，在旧书摊上只花了3块钱，就买到了苦觅多年的《楚辞通解》和《文章别裁》两本书，真是苍天不负有心人啊！

“今天，春节从老家回来，忽然看到自己家门上被贴上了对联和大大的‘福’字，正惊喜着，看到曾送过空易拉罐的打扫楼道的大娘上楼来，我立刻过去道谢。原来，爱的对面，也是爱啊……”

厚厚的一本日记，翻来覆去，简洁、生动地记录的，不过都是这样的一件件毫不起眼的简单、琐屑的小事，都是常常被我们很多人忽略不计的一些情景。我一时还无法将它们与文友所说的“阳光”联系在一起，便纳闷地问他：“这就是你收集的阳光吗？”

“是啊，这些就是温暖我生活的阳光。一有闲暇，我就会不由自主地拿出来翻翻，每一次看过，心里都有一种暖暖的感觉。”他宝贝似的摩挲着那已卷边的日记本。

“其实，那都不过是你耳闻目睹的一些生活中的琐事而已。”我有些不以为然道。

“是的，它们都是一些常常被人们忽略的小事、小情、小景，可它们都是真实的，都是生动的，都是触手可及的，它们以丰富多彩的姿态，在向我讲述着生活里的种种美丽与美好，它们就像煦暖的阳光一样，帮我驱散了心灵中的烦恼、忧郁、贫困、艰难、痛苦……”文友很认真地向我述说着。

我这时才恍然大悟——多么会生活的文友啊，他心里其实也知道生活中有许许多多的不如意，可是他懂得收集生活里面的那一个个感动心灵的细节，他懂得让那些温馨、愉悦的情节更多地占据心灵，懂得如何让自己更多地生活在一份份新奇、感激、成功、快乐、自由等等簇拥的天地中，从而冲淡岁月中的那种种的不如意，让幸福总是阳光一样洋溢在身边……

我终于知晓文友之所以一直那样自信、充实、幸福的秘密了。原来，真正会生活的人，并不回避人生的风风雨雨，而是懂得珍惜生活中的阳光灿烂，并学会收藏那些阳光一样温暖的情节，并在一次次深情的品味中，真切地感受那一缕缕的幸福。

心会随着希望奔跑

那天，在商城的一间饰物精品屋，偶然撞见一件装饰笔记本电脑的布艺品，先是惊讶创作者的慧眼独具，竟想到要给电脑专门配一个漂亮的装饰，继而更赞叹创作者的慧心与巧手——看似普通的一块棉布，就那么简单地裁剪几下，再用五彩丝线编绘出简洁、别致的图案，看着赏心悦目，用起来方便、舒适。

真是一个构思奇妙的佳作。我毫不犹豫地一下子买了两个，自己留一个，另一个送给爱好收集各类与众不同的艺术品的好友巍子。

我在电话中向巍子兴奋地报告自己的意外收获，巍子笑着直夸奖我“挺有审美眼光的”，我得意地告诉他，那当然了，我好歹也算是一个作家，总得有些慧眼识物、识人的特别本领嘛。”

“想认识一下它的制作者吗？”巍子突然开始吊我的胃口。

“当然想了，难道你认识？”我竟有些急切。

“岂止是认识啊？我们还可以称得上是朋友呢，她就住在市郊我表妹家的后院，明天我就带你去她那里。”巍子的语气里透着骄傲。

“那好，我们明天就去拜访你的这位艺术家朋友。”嘴里答应着，我丰富的想象已开始轻舞飞扬了。

在路上，我惊愕地得知马上要见到的是一个叫悠然的女孩，她今年20岁，因患有先天性肌肉萎缩症，她已被困在轮椅上15年了，现在腰部以下肢体僵硬得已没有丝毫的感觉。

“真是一个不幸的女孩！”我不无同情地慨叹。

“她的确是一个不幸的女孩，可是，她一点儿也不比我们缺少幸福。”巍子眼睛里流露着明显的敬佩。

“哦，是吗？”我猜想着她的样子，更急切地想见到她了。

悠然的小屋装饰得像一个美丽的童话世界，大大小小、形形色色的各种精巧的饰物，被她锦心绣手地看似那么不经意地一组合、一搭配，竟胜过了许多奇妙无比的天才设计。

坐在轮椅上的悠然，生了一张白净的娃娃脸，乌黑的秀发上夹着一个红色发卡。我们进屋时，她正在电脑前津津有味地欣赏世界田径锦标赛转播。

“你还喜欢体育节目啊？”从巍子那里我得知她爱好广泛，爱读书、爱唱歌，喜欢绘画，喜欢编织各类手工艺品。

“还不是一般的喜欢呢，可以称得上是酷爱了，几乎所有的体育比赛，我都愿意看。”她的眸子里闪烁着真纯的光泽。

“为什么？”我有一点儿不解，因为她身体的与众不同。

“因为我不能奔跑，不能跳高，不能跨栏，不能投掷……可是，我可以欣赏那些参与体育运动的人们，可以感受他们伟大的梦想、顽强的拼搏、收获的喜悦以及痛苦的遗憾，看着他们幸福地运动着，我也同样幸福。”悠然轻轻地给出了我意想不到的美好答案。

“同样幸福”，多好的选择啊——自己不能拥有，就欣然地关注他人的拥有，梦想着他人的梦想，快乐着他人的快乐，每一寸心田都绽放幸福的花朵，由此，简单的小屋便连通辽远而广阔的世界，每个日子都洒满了温馨的阳光……抱着这样的情怀，在人间行走，一生簇拥的，必然是绵绵无绝的幸福。

学会欣赏别人的幸福，积极接受幸福的感染，纵然自己遭遇了不幸，失去了许多美好的机缘，仍可以满怀爱意，推开那一扇扇幽闭的门扉，迎迓一缕缕幸福的阳光。

漫步天堂路

正值人生的黄金季节，他刚刚度过39岁的生日，便成为了那所著名大学里最年轻的教授。他正踌躇满志，准备“百尺竿头，更进一步”，谁知骤然而至的一纸冰冷的诊断，却将他从明媚的春光中，猛地推回到刺骨的寒冬里。

肝癌，晚期，多么像一个黑色幽默。面对这突如其来的宣判，他欲哭无泪。

了解他病情的那些专家和医生，都悲观地断言：即便是进行肝脏移植，对他也已没有多大的意义了，只能接受保守治疗，顺从命运的安排了。

事已至此，悲伤能如何？懊悔又能如何？他唯有无奈地接受，只是，他还是心有不甘，因为还有那么多愿望没有实现呢，还有那么多的事情要做呢。这些年来，他忙于搞学术研究，总是在写论文，向乡下的父母嘘寒问暖的次数，都少得可怜，倒是父母每次打电话都要提醒他，一定要注意身体，别拼得太猛了，别累坏了自己。还有女儿，刚刚上初一，课程一下子多了，她还真有一点不大适应，很需要他的辅导。还有妻子，他这几年到国外留学，去北京读博士、做博士后，她一个人在家里撑着，吃了那么多的苦，任劳任怨，生活刚刚稳定下来，他却病得……还有他那些可爱的学生，尤其是刚招上来的三个研究生，潜质都很好，他真想好好培养他们，让他们早日成才……

然而，他已经很清楚地看到了，死神正狰狞着一步步走来。

那一天，他陪妻子去中央大街，恰巧碰到一群人在那个广场上扭秧歌。他发现，每一个扭秧歌的人都那么精神抖擞，幸福满面。旁边有人在感慨："看看人家癌症患者，还这么开心，我们这些健康人，还烦恼什么呢？"

"什么？他们都是癌症患者？"望着那些欢快地起舞的男女老少，他惊愕，不敢相信。

"真的，他们都是抗癌协会的会员，他们经常凑到一起，载歌载舞，自娱自乐。不相信的话，你可以过去问问。"有人告诉他。

在他们休息的时候，他走过去与领舞的那位老者攀谈起来。原来，老者得的也是肝癌，早在十年前，就拉响了死亡警报，然而，他至今仍乐呵呵地活着，是抗癌协会的骨干成员。

得知他刚刚被诊断为癌症，老者安慰他："这个病也没那么可怕，千万别被它吓死。每个人早晚都是要去天堂的，但去天堂的路，应该慢慢地走，你要多看看人间的美景，多享受人生的乐趣。"

"人是抗不过命的，有时候，不是你想慢就能慢下来的。"他不无悲观道。

"只要你懂得珍爱每一天，开心每一天，你就会放慢去天堂的脚步。就说我吧，检查出癌症以后，我反倒把一切都看开了，把活着的每一天，都看作是赚来的。结果呢？我快乐了十年，还没走到天堂呢。"老者的语气里充满了骄傲与知足。

天堂虽美，但人间更值得留恋。自己也完全可以像那位老者那样，放慢去天堂的脚步啊。听了老者的一席话，他心头的抑郁，陡然被冲淡了许多。

接下来的日子里，他遵从医生的建议，按时服药，注重饮食，还加入了抗癌协会，参加了很多有益的社区活动。每一天，他都感觉过得很快乐，也很充实。似乎病情也一天天好转起来了，肝部疼痛的时间和次数，都明显地减少了。

一晃三年过去了，女儿升上了重点高中，他完成了一项国家级课题，送走了三批研究生。

那天，他亲自下厨房，兴致勃勃地炒了几个小菜，一家人举杯庆祝，这三年一家人幸福的人间行走，是快乐多过烦恼，收获多过遗憾。

女儿拿到大学录取通知书时，他终于无憾地倒下了。临终前，他微笑着告诉妻子和女儿："我累了，走不动了，先到天堂里歇一歇，你们一定要慢慢地走，到时候，把耳闻目睹的和亲身经历的更多好事，讲给我听。"

泪光盈盈的妻子攥着他的手，使劲地点头。

他和癌症抗争的这三年，竟是他们一家人最难忘的一段幸福时光，也是他们一家人收获最多的一段日子，他获得了两项省级奖和一项国家级奖，发表了10多篇论文；他编写的教材出版了，还评上了高级职称；基础薄弱的女儿，也考上了理想的大学；每个春节，他们都是在乡下陪老人一起度过的，那种天伦之乐，真是难以形容……

珍爱每一天，快乐每一天，慢步去天堂，淡定，从容，乐观，洒脱……世间那么多缺憾和疼痛，因为那样睿智的选择，那样淡定的情怀，都可以发生令人惊讶的转变，变得那般轻松而诗意，变得那般美好而深刻。

爱在就是晴天

常有朋友惊奇地问起，为何我笔下的文字总是那么情意绵绵？

我浅浅一笑，只回答一个字：爱。

的确，因为心头始终有爱，如清泉，在潺潺地流淌。所以，生命中的许多日子，都陡然多了些惹人迷恋的色彩，多了些美妙无比的诗情画意。

暮秋时节，我回到阔别了三十年的故乡。那个蜂蜜山脚下的小山村，早已物非人也非。可是，与故乡人围坐，话题向往昔只那么轻轻一推，许多似已尘封的往事，便载着暖暖爱意，悠悠而至，漂泊已久的心，瞬间便有了抵港的安妥。

老邻居王大爷马上就90岁了，他银发银须，一派洒然，记忆力好得令人惊奇。他拉着我的手，乐呵呵讲我的那些少年趣事儿，快乐的旧时光再次翩翩而来。而我刚刚知道，他六十岁那年因胃癌，将胃切掉了三分之二；他唯一的儿子20年前死于一次车祸，承受不住打击的老伴儿，疯疯癫癫了十多年后，也跳了河。

即便这样，我从王大爷那沟壑纵横的脸上，却看不到丝毫的悲伤和尤怨。他说的那句话真好：“心里有爱，有舍不得的牵挂，生活就不会是一团黑。”

朴素的一语，重锤般扣动我的心扉：爱如春风，自然会驱逐所有的阴霾。

当年，我大学毕业，被分配到那个偏远的林区小镇，在一所非常普通的中学里，度过了一段美好的青春时光。还记得，有同学在我那简陋的宿舍里，见我兴致勃勃地练习毛笔字，惊讶地问我：“在这艰苦的地方，你也能找到乐趣？”

我淡淡地回了一句：“心里有爱，走到哪里，都能看到迷人的风景。”

那是我青葱岁月里对生活的一种诗意的理解，至今仍坚信不改。

学校附近有一座光秃秃的小山，我常常沿着坑坑洼洼的山路，爬到山顶。望着山下密密麻麻的平房上面升起的缕缕炊烟，望着蓝天上偶尔飘过的一片白云，一任思绪缤纷。那份简单，那份纯净，令我油然而生缕缕欢喜。那些日子里，我没有丝毫的落寞，反而有一种难以形容的充盈。原来，许多幸福，一如那兀自生长的茵茵小草，只需拥紧自己爱着的那方天地，就触手可得。

就像我至今仍喜欢阅读诗歌，尤其是冬日的晚上，在柔和的灯光下，默默地读着那些精美的诗句，仿佛有一瓣瓣晶莹剔透的雪花，在我的周围静静地洒落，它们带给我一片洁净的暖，让我由衷地感觉到，与童话世界相通的生活，真好。

那天，在人声鼎沸的早市上，我见到一位卖鱼的小伙子，他戴了一顶显得有点儿滑稽的翘角小帽，怡然自得地吹着口哨，笑容可掬地为顾客忙碌着：选鱼，过秤，去鳞，剖膛，除杂……每个动作，都那么干脆利落，游刃有余，洋溢着一种叫人羡慕的热爱。

见我驻足欣赏，他忙得更欢快了，那一脸的自豪，让我立刻想到一部小说里被爱情鼓荡的那位少年。我冲动地对他说，我要送他一本我新出的书。

他惊讶地问我为什么，我告诉他，我从他这里再次看到了爱的魅力。

周末，约了三五知己，来我的小屋。大家围拢在我身边，看我扎了围裙，饶有兴致地研磨独家配方的“崔氏卡布其诺咖啡”。尚未啜饮，彼此便先有了三分沉醉。然后，天马行空，且说，且吟，且唱，偶尔也激动地争辩，或慷慨激昂，彼此口无遮拦，看似杂乱的话题，或隐或显的，其实都绕不开那个中心词——爱。

岁末，我参加两位老人相亲相爱六十年的“钻石婚”庆典，仔细地打量，他们是父母包办的旧式婚姻，似乎根本就没有什么风花雪月，也没有什么百转千回，他们只是津津有味地经营着柴米油盐的日子，一天又一天，仿佛每个日子都平淡无奇，甚至找不到一件值得珍藏的大事，然而，他们却真的是“执子之手，与子偕老”，每一天都恩恩爱爱，柔情绵绵。

面对众人簇拥的羡慕和赞叹，已是耄耋之年的两位老人，满脸幸福地说出了一句令众人感喟不已的爱情箴言——只要爱在，此生就都是有晴天。

不管岁月如何荏苒，无论世事如何艰难，只要我们的心底始终有爱的花朵在绽放，此生的每一寸光阴，便都会因为爱意的浸润，变得有情有义，变得色彩斑斓。那扑面而来的，就多是蓬蓬勃勃的欢喜，多是令人陶醉的芳香，多是说不尽、道不完的美丽……

喀布尔的歌声

在成为一名国际志愿者前，她毕业于美国的名校，是一家跨国公司的高级职员，有很体面的工作和优厚的薪酬，是熟悉的朋友们十分羡慕的对象。

然而，一位同事发给她的一组照片，深深地震撼了她。那是喜欢摄影的同事，拍摄于阿富汗的城市和乡村的写真照片，每张照片的下面，都配了简洁的介绍性文字。

望着照片上那些起伏的山峦、沙漠，那些挣扎在战争、饥饿和疾病中的人们，她的心不停地震颤着，她突然觉得自己离那些人很近，他们就像她的邻居，那些目光里的迷茫或淡然，都在亲切地与她对视。她似乎听到了那来自遥远的国度的一声召唤，热切而真诚。

尤其是那张油画般的照片，惊雷般地击中了她的神经——

昏黄的夕阳下，那个坐在那个磨盘上的少年，正对着远处连绵的童山秃岭，面色凝重地吹着口琴，风撩动他浓黑的卷发，一只老狗垂着头，似在若有似的听着少年的吹奏。照片下面的文字是：少年的父亲在发生在喀布尔的一次炸弹袭击中丧生，她的母亲因药物匮乏，刚刚死于一场急性肺炎。12岁的他，就住在他身后那个摇摇欲坠的简陋的茅草屋里。

他该有着怎样的忧伤？他的明天在哪里？她这样轻轻地自问，说不出的疼，在心底冉冉地。她不禁想起了鲁迅说过的：“无尽的远方，无数的人们，都与我有关。”

从那以后，她关切的目光，开始更多地投向那片战火长久不熄的土地上。那里的爆炸声，哭喊声，呻吟声，以一幅幅新闻画面和一篇篇文字报道，让她再也无法像过去那样安安静静地翻看那些深奥的学术专著。那个遥远的国度里发生的很多事情，都会牵动她柔软的心。

有人不解地问她：“为何要花那么多的时间，关心与自己那么遥远的一个国家里素昧平生的人们？”

她就给他们讲那些在动荡的国家里，时刻面临着生命危机的人们，讲那个吹口琴的少年，她说：“单从那张照片里，我就能听到那琴声里传出的忧伤，那么真切，那么孤独。”

后来，她加入了一个国际志愿者协会，成为一个非常积极的会员。那年秋天，她竟在众人的惊讶中，干脆辞掉了工作，作为一名志愿服务队员，毅然奔赴阿富汗北部山区，为那里饱受贫困和疾病缠绕的人们，送去一份人道主义的温暖。

在那异常艰难的窘境中，她耳闻目睹了许多惊讶不已的感人情景，她对那里的人们，面对苦难时所表现出来的淡定和从容，甚至是超乎寻常的乐观，留下了非常深刻的印象，也对苦难产生了更深的认识。譬如，那位几年间失去了三个孩子的大妈，脸上并没有人们所熟悉的那种巨大的悲伤，反倒有了一种参透了生命的淡然。那位大妈留给她的一句值得咀嚼的话是：“活着，就要承受苦难，就像享受欢乐一样。”

她还倒了几次车，专程去了那个沙漠边缘的小镇，她想去见见照片上的那个少年，握一握他的手，听一听的琴声。遗憾的是，她没能见到那位少年，听说他随一个大篷车演出队，到乡村巡回演出去了，少年的邻居告诉她，少年一直活得很阳光，似乎从没见他忧愁过，他还会演唱好几首中国新疆的民歌，因为有一个新疆来的导游，是与他很近的好朋友。

哦，是这样的。她的心里也陡然涌入了大片煦暖的阳光，感觉活着实在是一件很美妙的事情，尽管生活中有那么多的不如意。“不是我帮助了那里的人们，而是他们帮助了我。”这是她后来说得最多的感慨。

3月初，她来到了阿富汗首都喀布尔，因为每年的3月21日前后，阿富汗各地都要举办盛大的春耕仪式。她被当地居民邀请去参加他们的合唱团，他们穿着很简单的衣服，有的人甚至连一件没磨损的好衣服都没有，但他们每个人似乎都被快乐包围了，他们听从一个说话不大利落的老人指挥，很卖力气地放声高歌，每个人唱得都十分认真，十分投入，仿佛他们在完成一项特别重大的工作。她不禁大受感染，以往从不敢在众人面前开口唱歌的她，竟能与他们尽情地载歌载舞，两脚踏起的沙尘里，都漾着快乐的因子，自然早忘了那些烦恼和忧愁。

一年后，志愿者协会分配给她的任务圆满完成了，她与那些语言交流不多的人们，竟有了难舍难分的感情。

回国后，她整个人似乎都变了，变得特别开朗，人们问她原因，她笑着说："是喀布尔的那些动人歌声，教会了我，无论生活是什么样子，都不能放弃快乐地歌唱。"

没错，尽管战争、饥饿、贫困、疾病和死亡，影子一样地跟在身边，但喀布尔市区的人们，和那些偏远的山村里的人们，都没有悲伤地抱怨，而是用欢快的歌声，唱着自己不肯跌落的对美好未来的向往，唱着对简单的生活点滴的满足。

面对苦难，报以朴素的苦乐，那不仅仅是一种生活态度，还是一种令人敬佩的人生智慧。

第四章 你可以优雅地转身

转身，目光可以流连周边摇曳多姿的风光，心绪可以悠然如云，绷紧的神经可以松弛一下，跋涉的身躯也小憩一番。生活的芬芳，生命的繁博，都在转身之际，倏然呈于眼前，触手可及。

你可以优雅地转身

那时，他还是一个穷学生，是她将辛苦爬格子积攒的稿费全拿了出来，帮他读完了研究生。还是她，费了无数的周折，陪了那么多么的笑脸，终于帮他留在了省城，并谋到一份相当不错工作。

新婚之夜，他满怀感激地说："你为我做了那么多，今后我一定好好地回报。"

她捂他嘴："别说生分的话，因为爱你，为你做什么，我都愿意。"

他更感到幸福了，激动地发誓要一辈子好好地爱她。

两个人你唱我和，恩恩爱爱，日子流水般地奔淌。转眼间，身陷婚姻围城七年了。谁也没想到，曾信誓旦旦的他，也未能逃脱"七年之痒"的魔咒，没能抵住一个比她更年轻、更漂亮、更懂风情的女孩的诱惑。

他愧疚地提出分手时，她没有哭，也没有闹，甚至没有半句的责怪。好像这一天的到来，她早已料到，尽管此前一天，她还帮他熨好了周一要穿的西服，替他擦亮了皮鞋。

她没有接受他补偿性的照顾，与他平分了家产，拖着一个小拉杆箱，走出那个留下了许多欢声笑语的温馨小屋。那一刻，她那样出奇的平静，仿佛自己只是出一次远门，冲他说了一声“好好照顾自己”，便转身离去，一次都不曾回头。

她也有汹涌的泪水，但没有在眼睛里流淌。

住进朋友开的宾馆里，她平生第一次，那么长时间地将自己坐在澡盆里，整个身子都被翻腾的白色泡沫包围着。她一遍遍地揉搓着不再柔嫩如初的肌肤，好似要搓去一截光阴。

开大了音响，眼泪簌簌如雨，而后便是撕心裂肺般的嚎啕。

情绪渐渐平缓下来，她给自己斟了一小杯随身带来的红酒，慢慢地啜饮，她开始有一种解脱般的轻松。那一夜，她没有服一片安眠药，竟能安然入睡，甚至还做了一个让她差点儿笑出声的美梦。

第二天早上，当满怀担忧的朋友来敲门时，她正哼着一首流行歌曲，怡然地对镜梳妆呢。

朋友一脸的惊愕，上前摸摸她的头："不是发烧，是神经出问题了吧？"

她居然没心没肺地安慰朋友："托菩萨保佑，本人身体健康，心理健康。"

不纠缠也就罢了，为什么不伤、不恼、不怨、不恨……朋友一头的雾水，怎么也想不透。

她笑呵呵地把朋友扳到沙发上坐好："很简单啊，我不能傻得去做一个追飞机的人。"

朋友恍然想起，那次两人到黄山旅游，中途塞车，朋友急得抓心挠肝，恨不得生出双翅，飞过那蠕动如蜗牛的汽车洪流，直达机场。转身看她，一副"爱谁谁谁"的不以为然。

朋友焦急地摇着她的胳膊："若是赶不上飞机怎么办？"

"那就等下一班呗，反正我不能做一个追飞机的人。"那年，她25岁，却有着52岁的淡定。

既然明知留不住，为何还要死死地挽留？本已受伤的爱，为何还要弄得千疮百孔？何况当初，彼此相爱是发自内心的，有着美丽动人的情节，就像今天他们的缘分已尽一样，一切都是真实的。

她最喜欢杜拉斯的小说《广岛之恋》最后一句："我们就到此为止，仅此而已。而且，永远停留于此。"

从那以后，她将旧爱搁到了彼岸，一个人悠然地跟着一群老大妈在公园里晨练，一个人神清气爽地去健身房做瑜伽，一个人坐在大排档里边吃边看风景，一个人在酒吧里写诗歌，一个人去了马达加斯加，甚至一个人沿着三毛当年走的路线，穿越了一次撒哈拉大沙漠……

谁也不会料到，她当年爱得那么炽烈，分手分得那么决绝。如今，一个人，活得依然精彩，依然有滋有味。

如果，一段爱到头了，请想想那个聪慧的女子说的和做的，轻轻地告诉自己——即便那爱再美，走了就走了，一个人还要继续赶路，绝不去犯傻，不去做一个追飞机的人。

无论是爱情还是婚姻，该放手时就毅然地放手，不要拖泥带水地，也不要哭哭啼啼地挽留，就像错过了一个航班，没什么大不了的，还可以去赶下一个航班，人生的路总有很多，错过了月亮，还有星星。人生不能一味地向前，应该学会适时地转身，去欣赏一下周围那许多美丽的风景。

你秀恩爱，我晒太阳

袁泉和男人曾经一同在国内外辛苦打拼，数年后，终于有了房子、车子，虽然在省城里那仍只能算是小富，男人却开始移情别恋。那个让他转身的名叫张悦的女子，年轻，漂亮，还有一点儿才情，写一手不错的文章。

知道已然覆水难收，袁泉不纠结，不纠缠，洒脱地放手，绝不拖泥带水，很大度地将房子、车子尽归男人，存款对半平分，她转身而去，脸上甚至有淡淡的微笑。

闺蜜责怪她不该便宜了那个"第三者"，应该要房子，多要存款。

袁泉轻描淡写道："男人都拱手相送了，房子、金钱还重要吗？"

"我是说，你一个人生活，需要坚实的物质基础。"闺蜜考虑她未来的幸福。

“从前，最困难的时候，兜里只有买两袋方便面的钱了，都挺过来了。”袁泉似乎对接下来的生活信心十足。

没想到，张悦抢了别人的老公，居然没有半点儿羞愧，还在博客里晾晒自己与那个“二手男人”的恩爱：从日常的家居生活，到旅游度假，从工作的舒心，到二人世界的温馨，一张张幸福洋溢的照片贴出来，一首首情深意切的诗歌贴出来，甚至连她煲的汤、摊的鸡蛋饼，也拍了照片放到博客里，引来许多的围观者。

有网友知晓了张悦的爱情婚姻来龙去脉后，对她高调的张扬，开始评论、留言，说她做了“小三”，还不知羞耻地大秀恩爱。对此，她却全然不惧，顶着那些蜂拥而至的嘲讽、讥笑甚至谩骂，依然旁若无人地继续大秀夫妻恩爱。

那个被顺势推到风口浪尖的男人，似乎真的被幸福陶醉了，竟站出来，撰文逐一批驳那些对妻子指责的言论，毫不掩饰地妇唱夫随。

闺蜜将这一切讲给袁泉时，袁泉仿佛在听一个有趣的故事，面露微笑：“好啊，他们幸福，就好。”

“难道心里就没有别的滋味？”闺蜜有些愤愤不平。

“没有啊，她秀恩爱，我晒太阳，我们各有各的远方，各寻各的幸福，这样的选择，难道不是更好吗？”袁泉一副世事洞明的平静。

其实，从分手那天开始，袁泉就决定过一种新的生活，她要像洒脱的三毛那样，背着简单的行囊，万水千山走遍，让不同纬度、经度的阳光，陪伴自己一路前行。

她一个人去了夏威夷的西海岸，躺在温暖的沙滩上，静静地享受湿润的海风和暖暖的阳光，她蓦然发现，从前的很多忙碌，实在没有多大意义。还有，在哈瓦那岛上，听着那首《美丽的哈瓦那》，阳光在头顶跳跃着，她和当地人一同懒懒地坐在椰树下，望着碧蓝的大海，什么都可以想，什么都可以不想，仿佛真的进入了一个自由的世界。

一天，她在撒哈拉大沙漠里迷了路，居然一点儿也没惊慌，一个人裹着一张毯子，躺在白天晒得很热的沙窝里，仰望深邃的星空，思绪悠悠，一夜无眠。

没有想到，她这个学工科的，有一天会拿起笔来，把自己一路行走的见闻和感受，变成那些鲜活的文字，并且很快就引来了那么多关注的目光。有出版社编辑找到她，给她出了一本书《人生要懂得晒太阳》，销得出奇地好，为她赢得了不少粉丝。

她接受了许多网友邀请，设计了最省钱、最便捷的行走路线，很多时候，她都选择搭顺风车，住汽车旅馆，或者睡网友的沙发，兜里即使只剩下很少的一点儿钱，她也从没发愁过。她说，一个人心里有了远方，接下来要做的，就是迈开双腿。

她特别喜欢晒太阳，在海滨，在大漠里，在繁华的都市，在偏远的山野，灼热的阳光，和煦的阳光，刺眼的阳光，轻柔的阳光……她沐浴阳光，接受阳光的亲吻，阳光恋人般地陪伴着她。

袁泉在一篇文章里，讲到在海地大地震发生后，她看到一幅震撼心灵的情景：在一片废墟上，十几个皮肤晒成古铜色的难民，围成一个小圆圈，跟一位来自欧洲的志愿者学习器乐演奏。不知他们从哪里弄来的那些稀奇古怪的乐器，努力了半天，也难以合奏成一支简单的曲子。可他们却饶有兴致，很认真地听从志愿者指挥，卖力地吹拉弹唱，浓浓的阳光，晒得他们满脸满身都闪着晶莹的汗珠。

她说那些阳光里的演奏者，让她无论如何也无法与“灾民”这个称呼联系到一起。

她至今依然独身，却从未感到孤独和寂寞。她甚至感激那场突如其来的婚变，因为从此她开始了另一种生活，并由此更深刻地领悟了人生。她写了许多有意思的文章，许多哲思性的话语，被不少读者传抄。其中，最令读者喜欢的，是那八个掷地有声的字：她秀恩爱，我晒阳光。

一个人的时候，也可以一边欣赏别人的风景，一边成为别人欣赏的风景。

沿着一条路，一味地埋头攀登，或许错过的正是最美的人生风景。

身后亦有好风景

他家住山东泰安，在北京读大学期间，结交了一位澳洲友人，两人热情相约有朝一日一同游览泰山。但直到十年后，他们才找到实现心愿的机会。彼时，两人都已过了而立之年。更令他意想不到的是，友人患了医生也束手无策的绝症，已生命无多。

两人第一次相伴登泰山，或许也将是今生最后一次了。他祈祷上苍能特别眷顾他们，赐予他们好天气，让他们一睹泰山日出的壮美景象。

偏偏天公不作美，他们刚来到泰山脚下，空中便飘起了雨丝，很快就变成了淅淅沥沥的小雨。他本来就有一点儿忧戚，面对阴沉沉而不知何时回放晴的天空，心情更忧郁了。友人情绪却丝毫未受影响，笑呵呵地说："我们也来一回雨中登泰山吧，我读过李健吾的《雨中登泰山》，相信那种感觉也一定是很美的。”

“好吧，等雨小一点儿，我们就出发。”他钦佩友人随遇而安的淡定。

等了两天，恼人的雨终于小了，他们沿着湿漉漉的山道，开始了渴望已久的攀援。

许是阴雨连绵的缘故，登山的游人明显地少了许多，这并未妨碍他们的兴致。两人边说说笑笑，边欣赏着沿途的风景。不知不觉，就登上紧十八盘。两人停下来歇息了一会儿，正准备继续向顶峰冲刺。雨忽然大了起来，只得在附近找一个住处，暂住一宿。

谁知听了半夜的泰山秋雨，第二天雨虽小了一些，却仍未见停歇的迹象。他有些失望地抱怨着，友人却笑着说：“我们下山吧，这雨陪了我们一路，我们就乘兴而来乘兴而去，不亦乐乎？”

“就这么转身回去？”望一眼云雾缭绕的顶峰，他有些不甘。

“即使登上顶峰，估计也看不到日出。即便是能见到日出，那又如何？该转身时就转身，就像这人生，无须太偏执。”不知友人几时添了一份魏晋风度。

未曾如愿登顶，也有满怀的欣然，而无一丝的遗憾。异国朋友为他形象地诠释了“善于转身”的人生奥妙。

转身，才有九曲十八弯的壮美，才有曲径通幽的曼妙。行走于人生的路上，懂得适时地转身，无疑是一种非常智慧的选择。金岳霖先生那毅然的转身，留下的是传世的爱情佳话；张爱玲那决然的转身，斩断的则是一段已然枯萎的情缘。

无论是悠然地转身下山，还是停步转身四望，每一次自然的转身，舒展的，或许正是生命的从容、淡定、洒脱、繁复……收获的，或许正是人生的轻松、惬意、飘逸、灵动……转身之间的种种美好，常常让许多漂亮的词汇黯然失色。

Hotel & Restaurant

Salads

每条路都有不同的美景

他出身寒微，高中未读完便辍学，加入了南下务工的队伍，从流汗流泪的苦力做起，一步步积累资本和经验，经过二十年的艰辛打拼，他终于成为一家上市公司的负责人，身家早已过数十亿元。

作为行业领袖的他，一直在为企业的发展前景殚精竭虑，他的忙碌令人难以想象，常常是这边刚刚下了班机，那边司机已在等待准备再送他去机场，他曾戏言自己的午餐和午休，大多是海拔万米以上的高空完成的。

当一位资深的财经记者问他何以那样忙碌，竟然连着三个春节都不能与家人们团聚。他苦笑着回答："其实，我也不想那么辛苦，可是没办法，我要带领着企业攀上高峰，就要比别人多付出许多啊。"

“那么，你是否很有成就感？”记者望着一脸倦怠的他。

“起初，我很有成就感，但随着时光流逝，一个成功连着一个成功，只感觉在一步步向顶峰攀登，已淡漠了成就感，就像财富累积到一定程度，只是一堆数字而已。”他眼睛里只剩下远方的目标了，已没有心情去品味成功了。

“你的生活未免太单调乏味了？”记者直言不讳。

“是的，我也明显地感觉到了，但一时又难以改变。”他坦言自己已患上了中度的焦虑症和抑郁症，有时甚至需要借助药物来缓解。

“那你可真的需要好好地调整一下了，不仅仅是调整心态。”记者善意地提醒他。

“等忙过这段时间，我会找一个清静的地方，好好地歇息一下。”他这样说过好多次了，似乎要忙的事情总是那么多，总是难以有暇休憩。

直到那个夏天，他实在撑不住了，累倒在病榻上，医生给出的毋庸置疑的诊断，才让他惊愕地发现——这些年来，他大量地透支身体，已造成了相当严重的后果。

出院后，应一位友人的邀请，他终于抽出时间，来到长白山上一个很小的避暑山庄。

友人原来做公务员，马上要提升了，他却出人意料地辞职创办了一个物流公司，赚了一百万多块钱后，他又在人们的惊诧中，将正红火的公司转让给了别人，背着简单的行囊，去圆少年时的一个梦想——去领略祖国大好河山，让无限风光汇聚到心中。最近这两年，他又突然迷恋上了写作，已经出版了两部长篇小说。

那天早上，他和友人沿着一条盘山公路，向那座莲花峰缓缓走去。

一路上，友人兴致勃勃地向他介绍路边那些花花草草的名字和习性，似乎它们都是友人熟悉的老朋友，而他竟然大多陌生无知，除了年轻时认识的那几种。

他不解地问友人为什么总是不断地转换生活道路，友人说自己在品味丰富的人生。

“可是，你完全选定一条道路走得更远啊。”他知晓友人的聪慧和勤奋。

“为什么非要在一条路上走更远呢？生活中既然有那么多的道路，为何不多选择几条走走呢？”友人一副人生在握的从容。

“多走几条道路？不就难以到达顶峰了吗？”他还是有些困惑。

“为何非要到达顶峰呢？一条路上有一条路上的风景，多选择一条路走，就会都多一些新奇，就会避免行走的单调乏味。”友人顺手一指，告诉他那条幽深的小径也能通往莲花峰，只是杂草丛生，比较难走，问他是否愿意尝试一下。

他饶有兴致地跟着友人踏上了那条弯弯曲曲的小径。在一个山窝里，他惊喜地发现了一大片开得正艳的野玫瑰花，一簇一簇的，旁若无人地绽放着美丽，心中响起了那个叫“震撼”的词汇。

再往前走，顺着友人的指点，他又遇见了藏在草丛中的鲜艳欲滴的草莓，孩子似的扑过去，采一颗又一颗，放到嘴里，甜汁溢在唇齿间，美妙得令人心醉。

阳光更热烈了，汗水已浸湿了薄衫。友人引领他转了一个弯，来到一株据说生长了三百年的古槐树下。

望着古槐树嶙峋的躯干和遒劲的枝条，他不禁连连感慨岁月沧桑。

他也学着友人，躺在树阴里，嗅着泥土里散发的草香和花香，看着那一对蝴蝶悠然地舞蹈和驻足，仿佛快乐的童年时光又重新走回。

休息好了，友人突然提议，今天不去莲花峰了，而要带他去看一个鲜为人知的岩洞。他说计划好要去莲花峰的，都走了这么久了，怎么能放弃呢？

友人笑了：“莲花峰是要去的，可是，还有很多好景致呢，多走几条路，才能看得到啊。”

他点头，真的如友人所言，他见到了一处很特别的岩洞，见识到了真正的水滴石穿。

下山的路，竟与来时完全不同，他不由得惊讶友人对这座山的熟悉。友人却淡然地告诉他，自己只是喜欢走不同的路，喜欢在每一条路上，都能收获一份独特的欣喜。

接下来的日子里，他与友人在山上走了很多条路，看了很多的美景，身心清爽了许多，也感悟颇多。

回到省城后，他果断地安排好公司的接班人，辞去了公司的所有要职；然后，捐资成立了一个慈善基金会，聘请了专人管理。他一身轻松地去拜师学习绘画，那是他搁置了许久爱好，他现在已画得情趣怡然；他还加入了一个“书友会”，经常和一群爱读书的人小聚，交流读书的体会；周末，他还会陪着妻子逛逛超市，亲自下厨弄两样可口的小菜……生活变得丰富多彩起来，精神也悠然而富足起来。

一路登攀，直达顶峰，是一种人生；中途转向，悠然地下山去，亦是一种不错的人生。在生命旅途中，本来有很多的路可以走，也应该去走，该转弯时，不妨转一下弯，该悠然下山去时，不妨从容地转身。这样，才会领略到生命中不可或缺的许多美景，才会品出许多人生真谛。

即使爱再美，走了就走了

莫名地就心生喜欢了，喜欢他走路的姿势，喜欢他伏案的背影，喜欢他说话的声音，喜欢他爽朗的笑，甚至他素朴的衣着，他简单修剪的短发，她都喜欢。那样无遮拦的喜欢，似一泓荡漾的湖水，满满地盈于心田。彼时，她25岁，刚刚大学毕业，他亦不过三十出头，两人都正是踌躇满志的大好年华。

她知道，他是名牌大学毕业的高材生，是公司重点培养的骨干。还知道，他已成家，妻子是他曾经的同窗，是一个美丽而贤惠的女子，在一所重点高中任教，他们的幸福令人羡慕不已。但这又何妨呢？她只是那样默默地喜欢他，不曾奢求什么，更不曾表白什么，潜滋暗长的喜欢，是悄悄流淌的小溪，只有春风和明月知晓，只有青山白云知晓。

暗暗地喜欢他，的确是很美的事情。沿着散落了些许花瓣的石板小径去办公室，她心清气爽，步履轻盈，仿佛又回到了草色青青的16岁，满眼都是绚丽的花朵，都是缤纷的诗句。偶尔，远远地看到他高大的身影，她会驻足在一丛丁香花前，假装那不过是彼此云淡风轻的偶遇而已，直到他蹬蹬的足音远走，她仍失魂地站在花前，仿佛小小的幸福刚一萌生，便被一阵疾风劫掠。

暗暗地喜欢他，轻松中夹着淡淡的落寞，理智中藏着点点的冲动。独自的时候，她会细心地对镜梳妆，将新衣一件件地换来换去，想着哪一件会让他眼睛一亮，哪一件会让他惊讶失声，所有的辛苦都变成了满怀的甜蜜，她一个人慢慢地品味，像午夜的那杯浓咖啡，点点滴滴都是意犹未尽。

由此，她谢绝了爱情。一个人守着一份无言的喜欢，悠然地看花开花落。

有时，她不禁自问：这样无由头的喜欢，是不是有些自作多情呢？很快，她便摇头否决。喜欢就是喜欢，才下眉头却上心头的喜欢，那样明亮，那样自然，欲说还休，仿佛李清照如诉的《声声慢》，怎一个“情”字了得？

而他，始终带着一副命运在握的自信与从容，以无可挑剔的优秀，走在事业辉煌和家庭幸福的道路上，并不知道她的那些喜欢与他有关。也许他也感知到了一点点，却没有过多地在意，也许在他眼里，她不过是一个有些可爱的普通女子而已，他匆匆向前的目光不会停留在她身上。

他近乎冷漠的淡然，非但没能减弱她的喜欢，反而让她感觉到他的执著与洒脱，感觉到他脱俗的纯正与高雅，她心中的喜欢越发强烈了，夜深人静时分，那些奔涌的喜欢，甚至潮汐一样地撞击心扉，一下又一下，那决堤般的溃败，让她刹那间抛却了所有的矜持与羞涩，像一个任性的小女孩，大声地喊出了那个金子般的字眼——爱。

只是，当阳光洒进小屋的时候，她又收拢起恣意流淌的爱，甚至连同那些喜欢也一并收藏起来。一脸若无其事地上班下班，一身轻松地逛街、会友、旅游，没人发现她在他面前遮掩的那些喜欢，更没人知道她在他背后那些膨胀的喜欢。

当喜欢的小树，在她那方不为人知的心田中快速地生长起来，日渐枝繁叶茂时，她在人们的大片的惊讶中，突然选择了远走异国，去了沙漠连绵的西部非洲。此时，她已过了三十岁的生日，许多简单的外语单词都交给了遗忘。而他，已是公司最重要部门的经理，他与妻子、女儿牵手过马路的景象，为公司里人们津津乐道。

从一个陌生的国度到另一个陌生的国度，她像一只被命运追逐的蚂蚁，辛勤地做义工、做导游、做商人，孤独过，落魄过，也成功过，但她始终是一个人承受着生活里的种种苦辣酸甜，只是把自己的快乐传递给国内的亲人们，从没有提及那些刻骨铭心的痛苦。

西部非洲漫卷的风沙，吹皱了她的肌肤，却始终无法吹散她心中那沉甸甸的喜欢，她常常不由自主地想起他，想起他令她喜欢的种种的好。尽管她没去打探过他后来的情况，但她相信他一定依然被幸福簇拥着。而这，就足够了。守住自己心中的那份喜欢，只需站在那个美丽的距离上，静静地看着他一天天地走在幸福的路上。无论是与他同在一家公司工作，还是她在异国他乡漂泊，她一直恪守着这样坚定的信条，有些痴得发傻，也有些认真得可爱。

世事无常，她无论如何也不会想到，一直被命运宠爱的他，也会遭遇人生的滑铁卢，也会碰上足以令其一蹶不振的惨败。那年，他辞去了那家大公司的要职，雄心勃勃地要开创更大的事业，一次不慎的投资，却让他陷入巨大的困境，欠下银行数百万元的贷款，正焦头烂额时，他的妻子又在一次车祸中失去了双腿。

再次四目相对时，她心里涌过一阵阵的疼痛：真是世事弄人，仅仅是十几年的光景，曾经那个英俊洒脱的他，竟苍老得令人不忍面对了，他的头发有些斑白了，眼神黯淡了，连说话的声音都有些弱不禁风了。

那一刻，她真想抱住他，大声地告诉他：“我一直默默喜欢的人，绝对不是这个样子，绝对不应该是这个样子。”然而，她最后只是淡淡地勉励了他一句：“我相信你会站起来的。”

不久，她把这些来所有的积蓄都拿给了他，做他东山再起的资本。起初他坚决不肯接受，她便说算是暂且借给他的，他什么时候东山再起了再还给她就是了。他不解地问她为什么要这样？她仰起头来，只轻轻地回答了两个字——喜欢。

喜欢？望着她盈满深情的双眸，他语塞，一时无法理解那重若千钧的两个字。

是的，那横亘岁月的内涵丰富而又寻常的两字——喜欢，在她的心头萦绕了这么多年，她都无法清楚地解释，他又怎么会陡然明了呢？

深深的喜欢，是爱么？是让生命远离沧桑的绵绵的爱么？无论是深深地掩藏在心底，还是轻轻地呼出，她都真切地感受到有一种无言的幸福，正沿着那两个字，穿过辽远的时空，始终新鲜如初地簇拥在自己的身边，那样美好，如花，绚丽地绽放。

相信很多人内心里都珍藏那样的一份特别的情愫——浅爱，深喜欢。不能相濡以沫，就深情地相忘于江湖，你的苦与乐，都牵动着我的心，我们的生命默然相依。

即便那爱再美，走了就走了，一个人还要继续赶路。

只是路过你

在五月一次上海的图书签售活动中，他没有过去让那位很著名的作家签名，虽然手里拿了他的书。

他躲过那边攒动的人头，走到摆放着传统文学作品的相对静谧的区域，在一排排书架中慢慢地穿梭，寻觅着自己心动的书籍。忽然，他的心怦然一动，面前亭亭玉立的她，手里正翻着自己也十分喜欢的诗集《李琦近作选》。

彼此微微地一笑，他抢前问候："您好，也喜欢李琦的诗歌？"

"是的，我以前买过她的两本诗集，同事听说她刚刚获得鲁迅文学奖，求我帮忙购买。没想到第一次出差到上海，居然就碰到了。"她脸上洋溢着突然遇见的惊喜。

"是的，这年头诗集很不好卖，你看，偌大的书店，只有这么寥寥的几十种，能买到自己喜欢的诗人的作品集，真的很幸运。”他深有同感。

“你也喜欢诗歌？”她突然有了一种他乡遇知音的感觉。

“喜欢，我还曾是小有名气的校园诗人呢。”他的眼睛里闪着自豪的光亮，仿佛又回到了朝气蓬勃的大学时光。

“哦，能告诉我您的名字吗？”她没有想到面前这位帅气的男人，还是一位诗人。

当他一报出自己的名字时，她立刻惊讶地望着他：“哦，你就是《谁知道爱情曾经来过》那本书的作者？”

“是的，那是我的系列爱情美文集的一部。”他轻描淡写道。

“告诉你一个好消息，一定别骄傲啊。我公司里，有好几个你的粉丝呢，他们都特别喜欢你的文章，都很好奇，你怎么会写出那么多令人感动的爱情故事呢？你真的拥有那么多姿多彩的生活吗？”

“你知道，那些都是文学作品，文学不是给生活照相。说出来你可能不大相信，我的生活经历简单至极，从学生到老师，一直没离开过校园。”他知道，有许多读者曾惊讶自己怎么能写出那么多细腻的爱情故事。

“哦，我猜到了，你能够写出那些情感充沛、想象丰富的作品，一定与你的诗人情结有关。”她聪慧地轻轻地摇着食指，面带微笑地望着他。

“或许是吧？不过，有些文章还很单薄。”他谦逊道。

“那是一种干净的单纯，我倒是觉得。”

“谢谢你的夸奖！”他第一次听到这样的评价，心情很愉悦。

无疑，与他在书店的不期而遇，她感觉十分惬意。回哈尔滨的列车上，她的脑海里一再浮现出他们一见如故的那些生动的情节，心不禁怦怦然。

尽管一直在竞争激烈的职场打拼，但她诗意的情怀始终不曾更改，就像好友所说的，她心中渴望的浪漫，与她每天手头要处理的那些琐屑的事情，实在是相距太远了，她却总是无法割舍。所以，注定她向往的幸福爱情，依然在梦中。

但是，她温柔的心弦还是被拨动了，尤其是在那些夜深人静的时刻，打开他的博客，阅读他的那些能够赚取人眼泪的爱情故事，她不由得浮想联翩，情不自禁地想象一脸阳光的他，该是怀着怎样心情，一次次地端坐桌前，将绵密的情思，化作了笔下轻盈的文字。

很少点评别人的博文的她，忍不住给他的每一篇博文都写了评语。很奇怪，似乎他的文章，她都读懂了，每一次阅读，都会产生不吐不快的冲动。

开始是隐名的点评，但不久便被他敏锐地发觉了。于是，他们有了少许的电子邮件交流，他不喜欢网上聊天，甚至没有申请QQ号，她也一样，更喜欢手执一本喜欢的书籍，静静的阅读，他们上网的时间都被各自严格地限定了。

北方第一场雪刚下过，他便说这个冬天要来北方旅游，还请她教他滑雪。她爽快地答应了，滑雪是她的拿手好戏，但她还是认真了，周末抽了时间，一次次去滑雪场练习，希望他来时能够看见自己雪上轻盈飞过的倩影。

然而，直到有一个春天来临，他依然没来，也没有解释为什么。她发短信问他，他的回答是寥寥的几个字：最近一直很忙。

他的博客也好长时间没更新了，在网上搜索一下，他近期发表的文章也明显地少了。那么，他近期在忙些什么呢？他不肯说，她也不便问，只是隐隐感觉他那里好像出了什么事情。莫名的疑惑和担忧，竟让她有些寝食难安了。

偶尔，她也对镜自嘲——自己是不是有一点儿自作多情了？或许他根本不需要自己的牵挂呢。然而，心的涟漪已然荡起，终是一时难以平止。

六月的北方已是烈日炎炎，看天气预报，南方更是酷热连连。当她所在的部门有一个去南方短暂的出差机会时，几乎所有的人都找了借口退让，唯有她主动请缨，愿意冒着酷暑前往，因为她心里有一个私密的想法——返程路过上海时，可以再去看看他。

在南京，她患了热伤风，吃了些药，也没有多大的缓解。好在公司交给的任务完成得很顺利，客户单位主动提出为她买打折的回程机票。但她谢绝了，找了一个借口，要绕道去上海。在她刚刚走上动车，公司领导催她赶紧回来参加一个重要会议的电话便打了过来。

她算了一下，自己在上海站只能有三个小时的停留，而后，赶紧从上海飞回哈尔滨。

还好，她在火车上如愿地定到了机票。

在列车上的盥洗室，她认真地整理了衣容，然后有些疲惫地依靠在座位上，微微闭上眼睛，希望好好休憩一下，别让他见到自己一脸的倦态。

走出站台，她并没有见到他的身影，前一天便说好了，他要去车站接她的。或许是他临时有事耽搁了。她焦虑地在出站口徘徊着，终于忍不住给他拨了电话，竟然是关机。她的心立刻凉下来——难道是他不想见自己？

过了十分钟，再拨，依然是关机。霎时，一片阴云，遮蔽了她原本晴朗的心空。

半个小时后，他的电话终于打过来了，他还要再等一段时间才能赶到。

阳光炙烤着大地，她连着吃了三个冰淇淋，依然抵不住热浪的围攻。那焦躁的等待，漫长得似乎要让人发疯。距赶往机场的最迟时间还有不到一个小时了，他才匆匆赶到。

不过是一年的时间，他却仿佛苍老了许多，衬衫的领子浸着明显的汗渍。他连连向她道歉，眼神却分明有些游离了，全然没有初相见时那洋溢的神采了。她的心莫名地疼痛起来，为他，也为自己。

好容易在附近的一个人声鼎沸的咖啡店里找到两张空位坐下来，他又排了好一阵队，买了两杯饮料。

在他有些零乱的叙述中，她知道了他去年冬天，被一场作品维权官司缠住了；上个月他刚送走患了癌症的父亲，七年之痒的婚姻又走到了解体的边缘……他今天之所以迟到，是因为事先约好的律师，临时决定出差，必须在走之前见他一面，他一出门，才发现手机没电了。

“哦，真是一个多事之秋，这么多的不幸都赶到一起了。”她看到了他鬓角斑斑点点的白发。

“是啊，有好几次，我真切地感觉到，活着真是一件受罪的事情，特别地理解了那些自杀者的选择。”无遮掩的沮丧，让他的语气里都透着挥不去的悲伤。

“这可不是你的风格啊！你的文章写得多阳光啊！”她多么希望见到的是洒脱地行走在文字中的那个他。

“那是从前的我，经过历了这一年里的一系列的变故，我的人生观或许都要发生很大的变化，我不会像过去那样乐观地生活了。”他叹了一口气。

“那也不能变成一个悲观者呀！”她怎么也不会想到他竟如此脆弱。

“有些事情经历了，才能深刻地体会到。”

“但你以前写的那些文章，并非你亲历的，认识也同样深刻啊。”

“不，那大都是一种肤浅的感觉，以后恐怕再不会有兴趣写那样的文章了。”

“你以为自己现在就是深刻吗？你是消沉，是自我否定。”她有些气愤了，为他的消极。

在他不知可否地叹气中，他们短暂的会面结束了，她要马上打车赶往浦东机场。

说什么也没有想到，期盼已久的会面，竟是那样的令人失望。一路上，她不停地懊悔自己当初的决定——若知道是这样的，她宁愿不去会面。

此后，再去看他的博客，她竟有了一种生疏的感觉，似乎有一种无形的隔膜，覆在那文字上面，让她的眼睛和心灵都有些迷蒙起来。

再后来，她又读到了他的一些文章，却难以产生曾经那样的难以遏制的感动。

直到有一天，她无意间看到作家安宁的一本书《只是路过去》，瞬间，她便释然了——没错，自己也只是路过他，像茫茫人海中擦肩而过的千千万万的人，像骤然绽放的烟花，在她年轻的心陌上，他只那么灿然的一闪，便融入了一片清凉的孤寂。

只是，偶尔，她还会忆起，那些美好的点点滴滴，连同那些莫名的忧伤。毕竟，那些生命中的真和美，曾如此真实地来过，又在不经意的转身时，渐渐地走远了。

也许那只是漫漫人生长路中的惊鸿一瞥，便注定了你的美丽，让我一生念念不忘。就像此生路过的那些美好的事物，注定都会刻入生命的唱片，愈久弥醇。

远方的知心人

他竟然辞去了那份薪酬很高的工作，找了一份较为清闲的差事，只为了有更多时间沉浸于自己热爱的诗歌写作。许多亲人和朋友都对他的选择直摇头，妻子更是竭力反对，但他一意孤行，谁也无法拦阻。几番争吵后，妻子伤心地离开了他，带着女儿踏上了去南方列车。

后来，单位换了领导，他被调到一个较忙碌的岗位。没多久，他便递上一纸辞呈，干脆回家写诗去了。

没了稳定经济收入的他，很快陷入了生活的窘境中。这时，一位富裕的同窗伸出了援助之手——请他帮忙打点新开的那家咖啡屋，他能有一笔稳定的收入，他还可以有充裕的时间写作。

咖啡屋偏居小城一角，每天的顾客不多。没有顾客时，他便坐在临窗那个位置上，就着明媚的阳光，翻阅一本本少有人问津的诗集，突然间来了灵感，他便挥笔疾书。他十分看重的那些诗篇，很少有发表的，即使发表了也仅有极少的读者。但这不妨碍他始终迷恋着诗歌的阅读与写作，像墙角暗影里的那株鲜为人知的小草，有着自己独特的乐趣。

时光寂寂地流逝，他的与众不同，引起了一位女子的注意。她年轻、美丽，衣着光鲜，举手投足间都透着一份高雅。她常常独自来到咖啡屋，喜欢静静地坐在那里，听着柔和的音乐，慢慢地品完一杯咖啡，然后，缓缓离去。

那天，她走到他面前，拿起他刚刚写下的诗稿，细细地读了起来。那一刻，室内所有的声响似乎都被屏蔽了，沿着那些精美的诗句的指引，她一下子进入了一个纯净的世界。

“真好！”她轻轻地一语，仿佛天籁，只有他懂得。

她再来时，他便主动把自己精心打印的诗稿拿给她，她欣然阅读，不时地颔首赞许。

无疑，她是他所遇到的第一个懂他诗歌的女子。一向很少与人闲聊的他，那天竟向她倾诉了埋在心底的苦恼，迎着他眼睛里流露的孩子般的天真，她母亲般爱意充盈的目光，给他的孤寂送上了温柔的抚慰。阳光中，两只亲密无语的咖啡杯，轻轻飘散着淡淡的馨香。

有了她慧心的欣赏，他一度暗淡的心空，陡然涌进了许多的明媚。最鲜明地体现在他的诗句中，就是多了清纯，多了柔和，多了亮丽。

他只知道她是一家报社的专稿记者，但他不知道她的丈夫是省内某集团公司的负责人，这一段日子里，两个人感情总是疙疙瘩瘩的，彼此都个性十足，不肯退让，把外人羡慕不已的幸福生活弄得支离破碎。

因为诗歌，两颗心很快便靠得很近很近，以至于那天她竟脱口而出："我是越来越喜欢上你这个人了。"

"也许你喜欢上的只是一种人生方式吧？"尽管他已读出她眸子里燃烧的渴望，却还在努力地压抑着，他不是不想得到心中憧憬的幸福，而是担心失去，连同眼前的美好。

"不只是一种生活方式，还有……"她也说不清楚，心头那种无法挥去的情愫，何时已潜滋暗长起来，如今正蓬蓬勃勃得不可遏止。

"因为我们都有着诗意的向往。"他目光里透着看穿世事的平静。

"我们不可以共同拥抱一份诗意的生活么？"她心生惊讶，一向喜欢感性处世的他，此时为何这般地理性。

"也许最有诗意的生活，必须在一定的距离上，必须因为一种刻骨铭心的渴望才更能显示出其独特的美丽。”他突然想到了也曾经喜欢他的诗歌的妻子，想起了她远走前对他的真诚劝告——生活，的确需要诗意，但现实生活肯定不是诗意的。

一周后，他给她给打电话，说：“谢谢你欣赏我的诗歌，谢谢你的那些褒奖，我们相识相知的那些美好的情节，像明媚的阳光，照亮了我一度黯然的心灵，让我恍然读懂了一些生活真谛。如今，我也要去南方了，带着一份诗意，更带着一份对世俗生活的热爱。”

“那就送你祝福吧，愿你在诗歌和生活中，都拥有自己的幸福。”她眼角一阵灼热，对于他的突然离开，她一时有些失落。

“也同样地祝福你，你的丈夫很优秀，千万别错过了他。”他放下了电话，拭去滚落的那大滴的泪珠，再回望一眼人流车流嘈杂的小城，恋恋地走向站台。

此后，他与她音讯杳无，仿佛根本不曾有过那些亲密无隔的交流。

在离开她的那些日子里，他依然喜欢写诗，只是他更懂得写诗是为了让生活变得美好，而不是把生活弄得更糟糕。他开始欣然地先做一个优秀的出版人，为妻子和女儿营造一份温馨而安稳的生活，尔后，再去照料自己钟爱的诗歌。

如今的他，已是南方出版界赫赫有名的成功人士，他的印制精美的诗集也摆到了书店显眼的柜台上。很少有人知道，他的三本诗集封面，为何都选择了咖啡和阳光。只有他知道，是北方小城的那间咖啡屋的那抹明媚，曾怎样照亮了他的生活，照亮了他此后的人生。

已走出情感泥淖的她也知道，他明媚的心事和幸福的生活，就散落在他那些平平仄仄的诗句中，阳光一样地无遮拦，隔着万水千山，她仍能够真切地感受到那份美好，如此自然而亲切。

在生命的旅程中，总会遇见一些明媚的人，总会碰到一些明媚的事，那是岁月热情的馈赠，我们一定要好好珍惜。有了那些明媚的陪伴，我们的人生才光彩流溢。

第五章 珍藏那些美好的时光

最朴素的情节里，往往有着温暖岁月的真情厚意。纵然你我如今已经走着不一样的人生道路，但你我始终心心相通，彼此依然在牵挂着，在祝福着。

别人的幸福，与你有关

市郊偏僻的一角，那一排老旧平房，租住的大都多是外地来的务工者，其中有一家收购废品的，我常常遇见。男的高个、细瘦，爱笑，爱唱歌；女的矮胖，是个哑巴，也爱笑；女儿被她们打扮得花枝招展，虽然浑身上下都是廉价的地摊货，却常见她像一只欢快的蝴蝶，飞舞在他们身边。

他们租住的条件十分简陋、寒伧，夫妻二人每天都在为一份温饱生活而忙碌，女儿在政府专门为外来务工者开办的简易学校读书。然而，见过他们的人，几乎都不无羡慕地说，他们真是幸福的一家子。

我曾多次看见他蹬着一台破旧的三轮车，敲着一个破塑料桶，穿梭于一条条街道、一个个小区之间，收购各种破烂。他的嗓音浑厚，一声声的“收破烂喽”，竟被他喊得抑扬顿挫，味道十足。第一次与他打交道，便产生了极好的印象。因为他好听的声音，因为明媚的笑脸，更为他把那些破烂当作宝贝的那份认真。

我留了他的手机号，攒了一大堆要淘汰的东西，便给他打电话，叫他随时过来取。

我发现，他对我准备处理掉的那些旧杂志、旧书特别感兴趣，便慷慨地要送给他，他却执意地按旧书收购。他说："你是大学老师，又是作家，你不要的，也是好东西，我不能白要。再说了，你把它们留给我，就很看得起我了，我要是不收钱，不就成乞丐了？"他呵呵地笑着，我心里满是感动与敬佩。

渐渐地，我知道了——他来自大西北，他的妻子原来在乡广播站当过播音员呢，后来因为一场大病，便哑了。可是，每次提到妻子，他眼里都会闪着叫人羡慕的兴奋，骄傲地告诉我，她做的手拉面，有多么的好吃，在他生动的描述里，我都禁不住口舌生津了。

我问他："比最地道的兰州拉面还好吃？"

"当然了，要是有钱了，我就开一个拉面馆，保证顾客盈门。"他满脸的自信。

有一次，他又向别人炫耀她做拉面的手艺，她羞涩地直摆手，嘴里咿咿呀呀着，似乎在谦虚自己的手艺。他反倒更开心了：“我老婆还挺低调，还能进步。”

那个瑞雪纷纷的冬日午后，我站在阳台上，突然被眼前的一幕吸引住了：只见他推着车子，她与他并肩而行，忽然，她转下身来，为他系了一下那条蓬松的围脖。见他脸冻得有些发红，她又搓搓两手，放到他的脸上。他有些不好意思地，朝四下望望，两人的幸福，让人心暖。

谁说“贫贱夫妻百事哀”？在他和她的脸上，我没有看到过一丝的愁容。即使那天他提到远方的母亲病了，自己却无法回去探望，因为女儿的上学的事情还没办妥，他依然像是安慰别人似的，豁达地说：“过日子嘛，总会有一些不顺心的事，咬咬牙，就过去了。忧没有用，愁也没有用。”

因为我这些年来，发表了许多励志类的文章，卖给他的许多样刊，他竟然都阅读了。那天，他很诚恳地告诉我：“你写的那些文章，真好，读着让人感动，给人力量。我都留着，等我女儿认识字多了，我拿给她看，肯定对她有帮助。”

既然他那么喜欢我写的文章，也算是遇到知音了，我提出赠他新出的书，他有些受宠若惊地连连道谢，一遍遍地看着我的题字和签名，喃喃道：“这下子，回到老家，又有骄傲的了，有作家赠我书呢。”

不久，他送给我一大布袋的决明子，让我装到枕头里，做枕芯，能促进睡眠。

原来，我此前不经意地说过，自己好长一段时间睡眠质量不大好，他居然记住了，打电话给老家，特意搜集了决明子寄来送我。我要付给他钱，他执意不肯：“你把我当朋友了，送我无价的精神食粮，我给你一点儿东西，怎么能收你的钱呢？”她也在旁边打着手势帮腔。我不再坚持了，他们竟像得了很大的实惠，开心地笑了。

日子在悠悠地向前滑行。时常，我能看到他和她穿街走巷的身影，看到他们在早市上手牵手买菜，听到他爽朗的声音，看见他们阳光明媚的笑容，还有他女儿成长中的点点滴滴，他们遇见的新鲜事……在我的印象里，似乎他们的每一天，都是享不尽的良辰美景，都把幸福塞得满满的，叫人羡慕不已。

买到的幸福

周末，我和十几位朋友一起欣然地做了一回“背包客”，每人背了一大包书籍和衣物，坐三个多小时的客车，再步行七里多山路，前往省城外一所希望小学，向那里的孩子们献上一份爱心。

虽说大家是临时集结到一起的，年龄、身份、职业、性格等各不相同，但每个人都怀着一样的心愿，都背了统一购置的背包，组成了一个和谐的小团队。一路上，大家说说笑笑，仿佛在参加一次愉快的春游。

我身旁那位气质较好的中年女士，谈吐温文尔雅，我惊讶地得知她是一家跨国公司的总经理，管理数千名员工。前面那位背了最沉的大包，脸涨得红扑扑的胖男孩，则是一位典型的“官二代”，他的父母都是电视上经常抛头露面的显赫人物。我知道，我们每个人，都是自愿选择当“背包客”的，我们都觉得自己是在做一件有意义的事情。

一走进那所山中的希望小学，孩子们呼啦啦地涌过来，拿着我们背来的课外读物，边翻边交流，快乐得像一群叽叽喳喳的小麻雀，简陋的教室立刻变成了一个欢乐的海洋。孩子们那一览无余的幸福，也深深地感染了我们。我们和孩子们一同且歌且舞，开心得似乎又回到了难忘的童年时光。那个扎着蝴蝶结的小女孩，一直捧着那本厚厚的字典，她激动地告诉我们：“有了它，我以后再也不怕遇到生字了。”

暮色苍茫时，我们恋恋不舍地踏上了归程。每个人仍沉浸于兴奋之中，大家纷纷表示，以后一定多参加这样有意思的公益活动，可以给别人带去一份快乐，自己也分享一份快乐。

“谁还说金钱买不到幸福？只要金钱用好了方向、用对了地方，就肯定能买到幸福。”这次活动的发起者小王，是一家小餐馆的老板，他坚决否定“金钱买不到幸福”这一观点。这次活动，他出资3000元钱，亲自去书店选购了适合孩子们阅读的图书。

没错，“要是有人说金钱买不到幸福，那他只是还没有找到上哪儿去买。”我不禁想起了“股神”巴菲特掷地有声的宣言。

随着交谈的深入，我才得知：小王小时候家境十分贫寒，是因为家里交不起学费，他含泪辍学，17岁便到省城打工。他吃了无数的辛苦，赚的钱虽然不是很多，但他喜欢拿钱买东西，送给那些特别需要的人们，像这类的活动，他组织了好多次，他直言不讳：“我还要努力地工作，多多赚钱，有钱真好，可以给别人买到幸福，也给自己买到幸福。”

那天，在电视上看到一则令人感动的新闻：一位年轻的加拿大富豪，购置了大量的帐篷和生活用品，组织了一个爱心车队，浩浩荡荡地开赴非洲的一些贫困部落，给当地饥寒交迫的人们送上真诚的关爱。当有记者盛赞他是“爱的天使”时，他连连摇头：“我不是天使，我只是把我赚到的一些钱拿了出来，帮助需要的人，买一点点的幸福。”

原来，幸福真的是可以用金钱买到的。只要一个人内心中充满了盈盈的爱意，就会慷慨地付出金钱，实实在在地去实现一个个天使善美的心愿，让更多的人享受到金钱带来的幸福。

赚取金钱和消费金钱，都应该着眼于获得幸福。如果一个人拥有了很多金钱，却缺少幸福甚至没有幸福，那他一定是不会使用金钱，将金钱用错了地方。须知：用金钱买到幸福，不仅能体现出一个人的高贵品性，还能反映出一个人的智慧。

送你一张车票

20年前的京广列车，速度比现在要缓慢得多。她是早上八点从长沙上的车，因为是临时决定前往广州，没能买到卧铺票，但在车票异常紧张的时期，能够买到了一张临窗的硬座车票，还是相当知足的。

沿途变换的风景，不停地从车窗前闪过。赏倦了，她就拿出一本《诗刊》，慢慢翻阅。那会儿，她刚大学毕业，在一个令人羡慕的单位上班，阳光灿烂的生活里，充满了诗情画意。

临近中午时，车厢过道里站立的旅客越来越多，已经颇为拥挤了。能够有一个舒适的座位，的确是一件很幸福的事。

那个长得有些稚气的男孩，个子很矮，一只手攥着折叠起来的装化肥的塑料编织袋，他脸上带着兴奋和紧张。好像一上车，他就站在她对面的过道上，不时地朝车厢两端张望。

她看到他深蓝色的裤脚，有一个明显的破洞，有点儿皱巴的短袖衫，不利落地塞到腰带里，一个大编织袋塞在她的座位下面，鼓鼓囊囊的，不知装的什么东西。

忽然，车厢那端一阵骚动，检票员开始查票了。这时，他迅捷地展开手里的编织袋，“唰”地一下子套在自己身上。原来，那个袋子的另一端，早已被拆开，已变成一个圆筒。

他赶紧趴下，手脚麻利地钻入对面的座椅下面，整个身子蜷缩成一团。她忙收回双脚，生怕碰到他的头。

她曾听人讲过，火车上逃票的种种做法，没想到今天亲眼见识了这样一幕。

车厢里面的人实在太多了，检票员不时地扫视车座下面，居然没发现他。

检票员已走远，警报解除，一位中年妇女招呼他：“小伙子，快出来吧，下面空气不好，别憋坏了。”

他伸开双腿，一点点地挪动，缓缓地退出来，在一位乘客的帮助下，他脱下编织袋，掸掉头上粘的灰尘，满脸的难为情，像犯了一个大错误。

与他的目光相对时，她看到了一抹可爱的羞涩。

她在小说中见到过不少他这样卑微的小人物，知道他们的窘迫、辛酸与无奈。

她冲他笑笑："一个人去广州？"

他不好意思地点点头："有老乡在那里打工，我也想过去看看。"

"哦，你这是去远方寻找青春的梦想。"她随口说出了一句诗意的话，因为那一刻，她想起了作家余华的那篇选入中学课本的小说《十八岁出门远行》。

那位中年妇女递给他一个橘子，他推让了一会儿，还是接了过来。

接着，她知道了他来自湘西，高一没念完，便被迫辍学打工了，因为母亲一直生病，父亲又摔断了腿。昨天，他刚刚过完18岁的生日。

说到以后，他坚定而自信地告诉大家，他一定好好打拼，取得让人羡慕的成就。

她不无敬佩地给他鼓掌，为他逆境中那不肯折弯的信念和坚韧。

对照他，她简直是生长幸福的大海里了。从小家境就十分优越，她穿的衣服漂亮又时尚，从小学到中学，读的都是重点，大学读的也是自己喜欢的专业，毕业找工作轻松愉快。长到24岁，她似乎从没遇到过什么挫折，更不要说经历什么磨难了。

下车前，她悄悄地替他补了一张10元的车票，免得他出站时遇到麻烦。他连连道谢，感动得竟有些手足无措，总想回赠给她点儿东西，却实在没什么拿得出手的。

她善解人意地告诉他："等着你有一天发财了，我去找你，你请我吃大餐。"

他使劲地点头："没问题，你一定要找我啊。"

他瘦小的身影裹在人流中，走出好远了，她仍站在那里张望着。

二十年的时光呼啸而过。她想过他的日子一定会好起来的，但没想到，当年那个毫不起眼的逃票男孩，真的像一部励志大片中的男主角一样，几经磨难，最终完成了人生华丽的转身。如今，他已是国内著名的"房产大亨"，个人名下已拥有数百亿财富，他频频亮相于报刊、电视和网络上，他的事业还在蒸蒸日上。

在长沙举办的图书会展上，她受一位出差在外的同事委托，去购买最新出版的一部畅销书，并请到现场的作家签名，因为同事的女儿是那位作家的铁杆粉丝。

在琳琅满目的书海中穿行，她真切地感受到了岁月匆匆的脚步。

如愿地买到书并讨到了签名，回转身来，朝出口走去时，她的目光被一巨幅广告吸引过去，那是在宣传一部传记，而传主正是当年慢行列车上那个落魄的小男孩。

她走过去，面对巨幅广告上满脸坚毅的他，曾经的那些细碎的情节，纷纷涌来。

她想起了与他告别时的约定，想到了他的羞涩和自信……

她情不自禁地买了一本他的传记，她想看看他当年在广州是如何淘到“第一桶金”的，以及他是怎样书写人生传奇的，虽然，她此前已经从报刊和电视上知道了一些。

她边读边感慨。

令她心暖的是，在书籍的58至60页，讲到了他们那次列车上的邂逅，他感谢那些好心人给他的善意帮助。特别是她，一个衣着时尚的女孩，临下车前塞给他的那张车票，他至今仍保存着。还有，他一直记得当年的那个约定，期待着有朝一日，能够与她见面，请她吃大餐，还要当面向她致谢……

轻轻拭去眼角的泪花，她感觉有幸福正向自己走来，如此清晰，宛若那些鲜亮的记忆。

她知道，很容易找到他，但她不会去找他。曾经的那些，都已变成了美好的回忆，且留藏在心灵深深处好了。

知道你冷，所以我来

大四那年，曾资助过他读书的那位老板找到他，让他做一次“枪手”，帮其侄子替考闯过公务员笔试那一关。老板再三强调各个环节都已打通，他只管放心去考试，保证不会出任何差错。老板还递给他一万块钱作替考的报酬。

一方面出于报恩，一方面他此时特别需要钱，因为父亲拖了许久的老胃病又了，急需住院费。另外，老板又一再保证他已做了万无一失的周密部署，他便不再拒绝。

像老板说的那样，他顺利地帮助老板的侄子通过了笔试一关，却没想到，在他即将毕业进入那家已签约的大公司时，老板的侄子在面试时再度作弊被发现，并由此牵扯出他参与笔试作弊的问题。很快，他受到了学校严厉的处罚：开除学籍。他不仅因此很自然地失去了一份好工作，连以后的工作都难找了。

刚结识的女友也立刻与他分手了。一重打击又加一重打击，他欲哭无泪，眼下和未来在他心里都是一片黯然。他茫然地走出大学校园，面对大街上喧嚷的人流和车流，他真不知道自己接下来的路该怎么走。

摇摇晃晃地走过那高高的过街天桥时，他脑海闪过那个念头——纵身往下一跳，就此彻底解脱。但是，远方山村里，父母苍老的身影和热切期盼的眼神，又无比清晰地在他心头闪过。他告诉自己，所有的苦自己都得咽下去，所有的难自己都得扛起来，他别无选择。

冷静下来，他决定先不把事情经过告诉父母，自己先留在北京打拼，等拼出一方天地以后再说。主意打定，他先在市郊一家公寓租了一个床位，然后赶赴各个人才市场寻找一份维持生活的工作。

因为没有大学毕业证，他只得接受一家货运公司很脏很累而报酬很低的工作。对此，他只能先忍了因为他此时没有与用人单位讨价还价的资格。

那天快下班时，他与工长吵了两句，窝了一肚子气，拖着一身疲惫回到住处。刚踏进那个残雪凝冰的破落小院，他便愣住了,眼前站着的是他下一年级的小师妹，一个长得清秀的北京女孩，他在校广播站做编辑时，她是播音员，曾有过两次简短的交谈。

“你怎么找到这里来了？”他已换了手机卡，以为没有同学和朋友会知道他住在这里。

“想来看看你，总会有办法啊!”她浅浅地一笑，把手里的一网兜水果递过来。

“谢谢你！快回学校吧，不要再来这个破地方了。”他不愿接受怜悯和同情。

“这个地方的确很破，但比我曾住过的地方还是好多了，前面那个大水塘里还有鱼呢，我下午还看到有人在那破冰捕鱼呢。”她轻轻地搓着冰凉的手。

“是吗？你什么时候住过比这更破的地方？”此刻，他的身体和心都还凉着，他突然希望有人和自己聊聊。

“找个暖和的地方，请我喝一杯酒，给你讲讲我的故事。”她真有慧眼，一下子明了他的心思。

他随她来到她已看好的附近一个农家小饭馆，选了一个带火炕的单间。

热乎乎的火炕，让他突然有了到家的感觉。一坐下来，她又提条件了：“我来请你喝白酒，因为知道你我酒量都有限，花钱少，等花钱多的时候你再请。”

看着她一脸的认真，再听她那叫人心暖的理由，他点头同意了。

其实，她和他一样平时都不喜欢喝酒，但那一刻，他们都特别想喝酒，几口地道的北京二锅头下肚，他和她都被呛出了眼泪。她脸红扑扑的，更漂亮了。

品着暖口暖心的酒，她给他讲了自己她小时候生病，家里没钱买药，父母流着泪看着她硬挺着，她最后竟大难不死。原来靠卖糖葫芦维生的父母，竟然还做大了买卖，让一家人拥有了北京的户口。听了她那令人唏嘘不已的遭遇，他也敞开了心扉，向她讲述了自己坎坷的求学经历。

两个人讲到动情处，便一边擦眼泪，一边响亮地碰杯。他们忽然发现：原来，他们对于人生有着相通的感受。

那晚，他没再懊悔替考的事情，没再感伤被学校开除的结果。她也没对他说跌倒了爬起来之类的励志打气儿的话，他们回忆从前的那些苦日子，也谈了各自以后的打算。

出了小饭馆，迎面而来的料峭寒风，似乎也没了往日的冰冷。他由衷地感谢她这个时候来看他，能够听他倾诉淤积在心里的愁苦。她笑着说得感谢他，是他让再次咀嚼了生命中那些宝贵的磨难，有了做得更好的冲动……

她乘末班车回学校了，他仍站在那里，望着她远去的方向，心潮翻涌。

知道她安全回到宿舍了，他实在忍不住又发短信追问她：“为什么今天非要来他这里？”

“知道你冷，所以我来。”她简洁的短信，让他刻想起了那个秋风乍起的夜晚，他在广播站值班，她站在门口关切地提醒他：“天凉了，别感冒啊。”

“知道你冷，所以我来。”八个让人心暖的字，八个让人心动的字，最最寻常的字眼里凝满了真挚的爱意，几多关切，几多期许，让愁绪散落，让沮丧遁去，他一遍遍地读着那八个一生珍藏的字，将深深地感激埋藏心底。

三年后，他在北京拥有了自己的文化公司，拥有了值得骄傲的事业和幸福的家庭。无数次，他向妻子和朋友们讲起他最心灰意冷的那段日子，讲起她的到来，讲起那温暖他一生的八个字：“知道你冷，所以我来。”只那么轻轻地启齿，便有柔柔暖意，穿过悠悠岁月，唤起生命中那些刻骨铭心的往事，清新而美好。

在你生命最无助的时候，是谁的一语关切的问候，陡然融化了心头的坚冰？是谁的一抹微笑，瞬间拂去尘世的苍凉？由此，我们相信，在世界上，还有人在关注着自己，在期盼着自己走出生活的泥淖。

与你干杯，隔着万水千山

那样的遇见，注定我有一份特别的爱要在劫难逃。

九寨沟风光旖旎的午后，那几只翩然的蝴蝶，是不是也在追逐着自己的梦？我俯下身来，细嗅一朵无名的紫色小花，思绪悠悠，飞不过沧海。

那是我的芳华岁月，一首歌就可以点亮满怀的热情，一朵云便可以阴郁了一个心事重重的春天。彼时，我接二连三地遭受了爱恨情仇的折磨，由此对爱情有了许多杂七杂八的想法，且自以为深刻无比，丝毫不逊色一位看透了滚滚红尘的情感专家。因此，我一度对是否还能遇到真正的爱情，有了些许的怀疑和忧虑。

独自一个人，在朋友们的一片惊讶中，我辞掉了那份许多人羡慕的相当不错的工作，独自背着简单的行囊，开始了我的目的并不十分清晰的孤身行走。于是，无数的大山大河，都成了我沿途拜访的对象，成了我单反机的画面。

我将一路的喜怒哀乐，变成了微博上的文字和照片，接受熟悉或陌生人的关注和点评。可是，在那看似洒脱的行走中，有一种刻骨铭心的孤独，只有我最清楚，但我不说，也不知如何言说，况且即使说了，也未必有人能懂。

从来不是一个深刻的小女子，却好似世事皆已洞察。我为自己外强中干的矫饰，难为情过，却不肯坦白，这便又多了一份不可救药的虚伪。谁让我被爱伤着了，我软弱一点儿、逃避一会儿、自恋一下，又有什么不可以的呢？这样自我宽慰，我就释然了许多。

遇见你时，我正面对一溪清水，如对镜照花般地自我欣赏，你高大帅气的身影，突然闯入我眼前那一汪静静的水面，不由分说地与我共享那方清澈、柔美。

“你的眼睛里，为什么有那么多的忧郁？”你一目了然，开门见山。

“谁忧郁了？人家在欣赏美。”我的狡辩柔弱无力，像一个久病的少女。

“哦，原来是忧郁入眼啊。”你的幽默里透着睿智。

“那你是明媚入眼啊！”我在你明净的眸子里，读到了一首古体诗中才有的意境。

你笑了：“我们一起去拉萨，去那天然辽阔的地方，如何？”

我摇摇头：“我喜欢一个人自由地行走。”

“哦，是这样，那就祝你一路开心！”你迟疑了一下，转身离去。

这就是你我的邂逅，短短的几分钟，没有问过彼此的名字，也没留下联系方式。世间所谓的萍水相逢，或许就是这个样子吧？

然而，平静的心湖还是被惊扰了，不禁地荡起了涟漪，一圈一圈地，扩散开来，缤纷的思绪拢也拢不住。

一个人坐在那片榆阴里，脑海里漾着你灿烂的笑容，耳畔响着你磁性的声音，空气里弥漫着你青春蓬勃的气息……像一个突然坠入爱河的小女子，我竟那么不可救药地拼命地去回忆见到你的点点滴滴，一丝丝的甜蜜，那般地清晰。

暮色苍茫时，露珠打湿了鞋子，才恍如梦醒般赶紧起身，慌张地赶回入住的小旅店。

为什么不曾问问：你是谁？从哪里来？到哪里去？

转瞬便哑然：原来，三个看似最简单、实在的疑问，正是最深刻、最难解的哲学命题。

你轻轻地走了，却把那么多的想念塞给了我。我忽然想起在湘西苗寨遇到的一位苗族老大娘，经亲人百般地劝导，她才勉强同意将自己精心编织就的一方锦饰，卖给一位台湾来的收藏家，但当收藏家要带走锦饰时，她却令人吃惊地上前，剪下锦饰的一角，留下一句震撼收藏家心灵的话：“你可以带走它的身体，我要留下它的灵魂。”

一轮明月升起，咕咕作响的饥肠在提醒我：“别在这里胡思乱想了，该干吗干吗去。”

然而，奇怪的是，古镇上那些明明自己非常喜爱的小吃，那一日却陡然全都失去了往日的滋味儿。

是不是中了你的蛊啊？你这个无名的闯入者。我咬牙切齿，却又柔肠百转。

于是，带着你的身影和对你挥之不去的种种念想，我接下来依然孤身一人的行走，却很自然地多了一份苦乐俱存的负载。

那天，随手翻开一本新上市的杂志，一篇文章的标题，惊雷般地令我僵住：你只是路过。

读罢那个一波三折的情感故事，我与作者一同唏嘘不已：是的，在我的生命旅程中，你只是路过，像一阵风路过一朵花，像一滴雨路过一棵树，那是很自然的事情，至于最终能演绎出一个美丽的故事，还是诞生一个遗憾的事故，那并非是你我所能掌控的，其间的种种因缘巧合、阴差阳错，都可能让一个美好的开端，发生根本性的转折……

如是，我不该再懊悔那天没答应与你同行，也不应遗憾当初没留你的联系方式，而要心水清澈地朝自己笑笑：“真好，我受过伤的心，还会爱。”

终于，我一路风尘地来到了青藏高原，仰望无垠蓝天白云，眺望无尽的高原，胸襟大开时，我立刻想起了你说的“天然辽阔”。

那天，月朗星稀。夜宿拉萨，我突然特别想喝酒，想酣畅淋漓地醉一回，哪怕烂泥一样沉醉一回。于是，我换上了最漂亮衣裳，推开宾馆的窗户，邀请明亮的月光，今宵且来我的桌前，陪我深情啜饮。

当然，你更是我盛情邀请的嘉宾，虽然不知道你那时正身在何处，或许你与我正隔着万水千山，但那又何妨呢？那一轮皎洁的明月都欣然赶赴我的约会了，我权当你此刻就坐在我的对面好了，你正笑盈盈地举起一杯清冽的琼浆，与我共饮眼前这美丽的清风明月。

与你干杯，只因你我都是山水的知音。

与你干杯，只因你读出我不为人知的忧郁，就像我一下子就被你的明媚所感动。

与你干杯，隔着万水千山，我不问你的姓名，也不问你的曾经和未来，只相信此刻我们心心相印。一念起，天涯便化为咫尺。所有的生疏，都在刹那被轻轻地掸落。仿佛我们早已相知相亲，甚至在我们的邂逅之前。

一杯又一杯，我在异乡，我沉浸在自己臆想的幸福里，清醒着、迷离着、回忆着、憧憬着……溶溶的月光，照见我简单的心事，照见我浓浓的情思。

原来，我还可以这样地洒脱——自己与自己碰杯，却不是独自啜饮，因为心里有你，杯里盈盈的，也是一份感动自己的深情。那一刻，就连诗仙李白的“举杯邀明月，对影成三人”也黯然失色，没了那份穿越千古的韵致。

与你干杯，隔着万水千山。很具艺术气息，也很有人间烟火的味道。

这世界上没有真正的陌生人，只要真诚地敞开了心灵，就会与真诚的心灵相拥。隔着万水千山，我们也可以是心心相握知己，我们头顶的天空，会见证我们纯真的情意。

珍藏的那些美好的时光

一帧简单的贺卡翩然而至，一语平淡而真诚的问候拂面而来。

于是，在那个接近年关的落雪的日子，我似已平静的心湖里涟漪纷纷，思绪的小舟纵情地逆流而上，回溯到草色青青的年纪，回溯到那一串灼痛心灵的日子……

那年，在“黑色的七月”过后，我又迎来更暗淡的日子，三分之差，让我再次与大学无缘。父母黯然的眼神和亲朋的惋惜之声，犹如一柄利刃，刺得我难以抬起头来，但我除了难过地低下头，别无选择。命运好像成心要跟我过不去，连着两年高考，我都是仅差三分。

最后，父亲卖了大半的口粮，又借了高利贷，将我又送到了县城的高中补习。于是，我有了一段此生难忘的“高五”生活。

认识晓曼是在我心情最糟糕的时候。那天晚自习，被一大堆复习资料搞得晕头转向的我，提前两分钟溜出教室，站到校园门口松口气。一个小女孩“烤地瓜”的传来叫卖声，将我的目光吸引过去。

小女孩的年龄和我相仿，黑亮的眼睛会说话似的扑闪着，怂恿我买一个烤地瓜。其实那会儿我肚子还真有些饿，再说她那香喷喷、黄焦焦的烤地瓜，也颇有诱惑力。我不由自主地将手伸向衣兜，可那里面只有几张食堂的钱票，一分现金也没有。我忙说“不买不买”，脸上却有一丝慌乱。

她看出了我尴尬，递给我一个很大的烤地瓜，笑着说：“这一个免费给你，算是帮我开个张吧。”

她那诚挚的目光让我连客气都免了，伸手便接了过来。

下晚自习的铃声响了，同学们纷纷地涌来。看到我正津津有味地吃着烤地瓜，本来对零食就很感兴趣的他们，纷纷地掏钱买下那价格实在很公道的烤地瓜。一会儿的工夫，一篮子的烤地瓜就卖完了。

小女孩笑着转身走了。临走时，还对我道了声“谢谢”，说是我给她带来了“财运”，我不好意思地说：“你明天再来吧。”心里想着到时候一定补上她的钱。

后来，我们就认识了，我知道了她叫晓曼，母亲长年患病在床，父亲去年又在施工中砸坏了腿，她还有一个弟弟在读初中，她高中没念完就辍学，帮着家里度过艰难的日子。这样说来，她跟我真有点儿同病相怜了，这让我们很快便亲近起来。

说起来也真怪，自从认识了晓曼以后，我暗淡的心中突然涌入了一缕光亮，学习动力更大了，我觉得自己考大学已不单单是为了不让父母失望，还在帮晓曼圆一个梦。

那是一个周末，我去书店买一本参考书。在一家大商场门口碰上两个流里流气的家伙正冲晓曼说着不干净的话，气得她眼泪含在眼圈里。我跑过去，喊了一声："不准欺负人。"

"哟，还有想当护花使者的呀，看看你的筋骨硬不硬。"说着，两个家伙朝我扑来。没等我反抗几下子，眼镜便被打碎了，接着身上又挨了好多拳头，直到被打倒在地，那两个家伙才骂骂咧咧地走了。

晓曼一边擦拭着我脸上的血污，一边说我不该吱声，这样的事她碰到不止一次了，能忍就忍了。我很英雄气地说："那个可行，好人可不能叫坏人欺负住了。"话一出口，自己就不好意思了，踢着那碎眼镜片掩饰心里的羞愧。

晓曼说："看来，我还得赔你一副眼镜呢。"

"不用了，我能想办法的。"我嘴上这么说，心里却直后悔没保护好眼镜，多挨些拳头没关系，借钱买眼镜，可不是我愿意的。

“哎，你的眼镜是多大度数的？”晓曼问道。

“我说过不用你买就不用你买”。我故作潇洒地冲她笑笑，但还是告诉了她眼镜的度数。

“太好了，我妈妈有一副眼镜很新的，跟你的度数一样，她不戴了，晚上我给你送学校去。”她又露出了甜甜的笑容。

没等上晚自习，她就来了，交给我一个红绒盒子，里面是一副崭新的眼镜。我怀疑地问她：“你母亲真的不戴吗？”

她笑了：“要戴，还舍得给你呀？快戴上，看看合适不合适。”

“正合适，像专门为我买的似的。”我跟她开玩笑：“看来，今后我还真得多见义勇为几次，鸟枪换炮了。”

她咯咯地笑起来：“你还是先练好本领，再充当英雄吧。”

后来，她常来学校卖烤地瓜，还常常硬塞给我几个小的或形象不佳的，说是卖不掉的，让我帮她消灭了，免得她扔掉。我就很痛快地帮她这个忙，狼吞虎咽地消灭了她的不少烤地瓜。

直到有一天，她来告诉我，她要跟姑姑一起去南方做买卖，恐怕一时回不来了，要我多多保重，别忘了一定要考上大学……

我心里涩涩的，不知道该对她说些什么，只是一味地点头。

“看你这副悲伤的样子，高兴点儿，我这是去挣大钱。等我发财了，请你下最好的饭店。”她笑着，可我觉得心被刺了一样疼痛。

没想到，那一别，我们竟十五年音信杳无。我断断续续地知道了她的一些情形，她生意做得并不顺利，奇怪的是她一直没回来，没给我写信来，好容易找到一个她的地址，连着写了两封信，她也没有回音。似乎我们一下子都消失在茫茫人海之中，再难相逢。

后来，我才知道她送我的那副眼镜根本不是她母亲的，而是她用姑姑给她买衣服的钱买的，还有那些烤地瓜，都是她特意为我留下的。

直到今天，一张素洁的贺卡从南国飞来，我才知道，她和我一样，身陷红尘俗世，但彼此并非已经忘怀往事。

在相逢的站台告别

北方秋天的山水是最赏心悦目的。列车一过哈尔滨，我便和对面的他不约而同地将欣赏的目光，投向了车窗外那赤橙黄绿青蓝紫的田野和美丽的五花山。真的很美，沿途变换的美景令人目不暇接。漫长的旅程，因这一路追随的山水风光，而少了许多寂寞，多了不少欣喜。

“做一个黑龙江人真幸福，四季都能欣赏到美景。”自小生活在江南水乡的他，曾在北方的一个小山村待过三年，正满怀热忱地举着相机不停地拍摄。

列车缓缓地驶入一个特别重要的站点——牡丹江。有许多旅客将由此出发，去美丽的镜泊湖，去神奇的林海雪原，去古朴的宁古塔，去旖旎的小九寨……

列车要在此停留十五分钟。

望着车窗外上上下下涌动的人流，我打消了下车转转的念头，只是把车窗开得更大一些，让清爽的风舒服地吹着。

“小——薇！小——薇！”对面的他把半个上身探出窗外，旁若无人地大喊大叫，引得许多目光都惊奇地聚拢过来。很快，一位拎着两个大编织袋的中年妇女，拨开人流朝这边奔来。他赶紧跑下车，伸手接过那两个编织袋，从窗口递给我，然后他们就贴着列车在站台上聊起来。

“还是那么忙？”他看她的眼神有那么一点点的爱怜。

“已经习惯了。”她身材干瘦，额头有明显的皱纹，淡淡的微笑中，透着饱经沧桑的平静。

“你说的那口水井打了吗？”他似乎很了解她那里的情况。

“快了，已经勘探过了，等钱凑齐了就可以动工了。”她兴奋地向他报告。

“差多少钱？我回去想办法帮你筹集，光上课就够你累的了，你别多操心了。”他看见她的手那么粗糙，知道她除了上课，要做的事情太多了。

“还差一半呢。”一抹羞涩浮上脸颊。

“对了，这是你嫂子让我带给你的，不贵，又很滋养皮肤。”他递给她两盒从南京买的护肤霜。

“又让你们破费了。”她嗔怪了一句，“回去代我向嫂子问好，刚才那个编织袋里，有东北的刺五加皮，带回去熬水喝，可以治疗她的偏头疼。那些干菊花，是学生们采晒的，可以泡水喝，清嗓子、提神，还利尿。”

“你总是想得那么细。”

“因为是你啊！”

“因为我？”

“三十年了，多快啊！”

“是的，三十年了。”

短暂的沉默，像两段乐曲中间的一个过渡。

“还记得吗？那次我借你的笔记连夜抄写，不小心把一大杯水全碰洒到笔记上，你那次考了班级的第二名，生气地非说我是别有用心。”

“记得，你只有那一次考了第一。”她有些自豪。

“那时，我特佩服你那股永争第一的劲头。要不是后来你的家庭变故，你肯定能……”他戛然而止。

“我现在也挺好的，呼吸着山里新鲜的空气，吃自己种的绿色蔬菜，工资又长了三十多块钱，还当了校长，虽然学校里只有三个老师。”她轻快的语气中透着满足。

“很高兴，你有这样好的心态。做你的学生，也是一种幸运啊。”他欣然说道。

“还记得你写过一首诗，叫《山里的孩子》，我的学生也有好几个写诗的，可惜我指导不上去，等下次你再路过时，我给你带来，你帮我指导一下吧。”

“你也写过诗呢，在你的日记本上。”

“那些分行的东西不能算是诗。哦，你是怎么知道的？难道你偷看了我的日记？”她奇怪地盯着他的眼睛。

“或许是你当初送给我看的吧？”他含糊其辞。

又是片刻的沉默。夕阳温和地映着他们宁静的面庞。

“回去买一个手机卡吧，要单向的收费的，省得给你打电话，总是那么不方便。”

“这回听你的，一会儿路过县城时就买，信息时代了，不能太落伍了。”她笑了，露出并不白净的牙。

“别太累了，得学会心疼自己。”他轻柔地提醒。

“你也一样，少熬夜写作，少上网，别累着眼睛。对了，有个朋友还送给我两瓶熊胆酒，说是有明目的功能，走得太急了，忘给你拿来了，真遗憾。”

“幸好是临时通知你，要不然，你还不得把山里的好东西都给我背来啊！”

“还有，我临来前煮了你最爱吃的青苞米，就放在那个编织袋的最上面，刚才我还摸了，热乎着呢，待会儿上车就赶紧吃吧。”她叮嘱道。

“你回吧，过两年退休了，我会来看你的。”他眼睛有些湿润，转身上车。

“一路平安！”她冲他挥手，风撩起她碎格的小衫。像是眼睛被突然迷进了微尘，她转过身去用手背不停地揉着。

列车启动了。他的目光追着她身影，直到看不见了，仍朝车后眺望。

他与她在相逢的站台上告别。他们没有亲热的拥抱，甚至没有简单的握手，两个很知心的人，从始至终只有断断续续的对话，朴素得像两个熟稔的老乡，把彼此浓浓的情思，全都融进了那一句句的平淡之中。像一篇质朴的散文里随意剪下的几个片断，不事雕琢的美丽，像极了车窗外那些大自然随手涂抹的风景。

那是我所遇见的最特别的相逢与告别。十五分钟，在同一站台上，他们纯朴而厚重的情感流露，让我震撼并铭记，让我情不自禁地感慨：有些美好，就是这样的久远。

荒凉岁月的温暖滋味

那会儿，家里穷得叮当响，父母辛勤劳作一年，连全家的口粮都挣不够。可我偏偏又喜欢读书，念完了初中，又考上了县城的高中。于是，全家人勒紧腰带供我上学。

能继续读书，我已心存感激，怎能再让家人为我受苦？我暗暗地给自己订了一个最低的伙食标准：早上不吃饭或者只喝两碗稀溜溜的粥，中午就着咸菜吃三两大碴子干饭，最少时每天仅花五毛钱。

如此的“节俭”自然无法糊弄肠胃，常常是上午第三节课后，肚子开始咕咕地叫唤着提意见了。先是抱着肚子忍耐，实在忍不住了，便跑到自来水龙头跟前，咕咚咕咚灌些凉水对付一下。

好容易盼到开午饭了，三两大碴子干饭兑半饭盒开水，畅快淋漓地消灭得干干净净，然后，回到教室接着看书。那会儿，我很少运动，主要是为了节省点儿能量，让肚子里那有限的一点儿粮食能多支撑一会儿。

那天上午，我的肚子又闹情绪了，难受得我坐卧不安。这时，坐后面的女生李素洁悄悄地从桌子底下塞给我一个蒸熟的土豆。奇怪，握着那个圆圆的土豆，饥饿竟减轻了许多，直到午饭吃过了，那个土豆还没舍得吃掉。

那时，在中学里男女生之间界限分明，彼此交往的很少，特别是像我这样来自乡下一向腼腆的学生，跟女同学说句话都要憋得脸通红，更不要说跟家住县城里的李素洁深入地交往了。记得下课时，我是慌乱地冲着李素洁微微一笑，算是表达满心的感激了。

没想到，此后她又接连好几天偷偷地在我的书桌里塞进一些吃的东西，什么烤土豆、发糕、烧饼、李子、沙果等等，有一回竟是一小把红润润的花生豆。

虽说没有什么太精美的食品，送得最多的是土豆，可那在我看来却已是美味佳肴了。我不能安然受之，便约她到校外，问她将吃的给了我，她的午饭怎么办。她说她吃得少，有一点儿就够了，要我帮帮她，她正要减肥呐！

其实，她几乎算得上是班级里最苗条的女生了。面对她纯洁的双眸和善意的谎言，我只能感激地道声“谢谢”，同时劝她以后不要再给我吃的东西了。她却摇头，依旧送给我一些吃的东西。

后来，她真的每天都要送给我一点儿吃的，渐渐地同学们都知道了这件事，就有同学打趣道：“她是不是对你有点儿‘意思’了？要不怎么单给你吃的？”我自然是不承认，不过有时在心里也想，她可能不只是因为不忍看着我饿肚子吧？想着想着，一种说不出的情愫便潜滋暗长起来，再看她的眸子里，似乎也闪着一丝朦胧的爱意。但我又不敢过多地去想，怕亵渎了她的那份心意。

那天中午，她约我去操场僻静的一角。两个人坐下来，她打开那个花布书兜。哦，满满的一书兜的烤土豆！

她说：“今天我们来个烤土豆宴吧，尝尝我的手艺。”

“你烤的？香味都出来了。”我边说边拿起一个，剥去外边那层薄薄的皮，看着里面已烤出的一层得焦黄，口水都流出来了。

“嗯，早上烤的，快吃吧。”两个人很香地吃着烤土豆，随便地聊了起来。我就知道了她家里离学校挺远的，每天要骑半小时的自行车呢，所以中午不能回去，要带饭的。后来从同学那里我才得知她的家境也相当困难，一点儿也不比我好。

当我说很感激她拿给吃的东西时，她就轻描淡写地道：“也不是什么好的，只要你不嫌弃就行。”

“我哪里敢嫌弃？说真的，这对我来说已是最好的东西了。”看着我津津有味地吃着烤土豆，她满意地笑了。我敢说，那份香甜是没法形容的。

只是没有想到，不久她就随父母搬迁到南方去了。

那天天空飘着细细的雨丝，我去车站送她。她故作的微笑里藏着明显的伤感，一向很男子汉的我怎么也管不住眼泪了，开始还可以偷偷地用袖子去擦，后来干脆任其恣意地流了。

她说了好多要我注意身体、一定要考上大学之类的话，我只是一个劲地点头，列车启动时，我大声冲着她喊道：“我永远记着那些土豆。”

后来我们通了几封信，便断了联系。直到那个大学毕业后的一个夏日的黄昏，在北方的那个叫牡丹江的小城车站，我们才再次相遇。

那天，我请她吃饭，点了一桌子用土豆烹制的菜肴。酒杯端起的时候，两个人的眼里都闪烁着晶莹的泪花。我知道，那是为我们曾经的艰难，曾经的关爱，以及穿过沧桑岁月时那份难舍的浓浓情谊……

美丽的土豆，在越来越深的追忆中，如此强烈地扣动着我柔软的心扉，让我一生感恩，感恩生命中那一串淳朴的情节，那一缕浸润心灵的爱意……

第六章 幸福是长久的陪伴

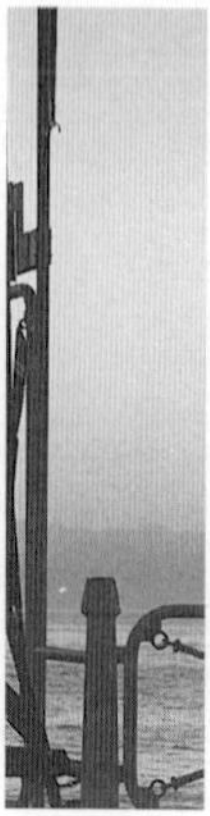

懂得幸福地爱着有多好，倍加珍惜自己所拥有的一切，无论浪漫的还是现实的、无论简单的还是丰富的，都金子般地珍视。

陪着母亲看花开花落

母亲刚刚搬到城里不到半年，竟得了严重的老年痴呆症。他一时无法接受这突如其来的变故，因为他心目中的母亲一向是坚韧的，那么多磨难都没有击倒过她。然而，他现在必须要面对这样的事实——老年痴呆症正将母亲一点点地拉入越来越痛苦的死亡之旅，母亲在逐渐失忆几个月后，竟连她最疼爱的儿子也不认识了。

母亲的这一生实在是太辛苦了，在黄土高原上那个贫瘠的小山村，母亲三十五岁失去丈夫，一个人守着几亩薄地，苦苦地拉扯着三个孩子，不但让他们健康地长大，还把他们都送进了大学，漏雨的寒舍竟成了山村远近闻名的“大学生之家”，还让三个孩子在外面的广阔世界里各自打出一片令人羡慕的天地。一个儿子和一个女儿都在国外知名企业里做金领，最小的他如今也已是一家大公司的总裁，身家早已过千万元。

自从母亲住进城里，他就开始减少工作上的应酬，努力地多挤出一些时间陪母亲。母亲生病后，他连工作时间都大大地压缩了，除了特别重要的事情到公司去处理一下，他把大量的时间留给了母亲，他想陪着母亲走完生命最后这一段让人心疼的路。

他想尽一切办法，期望唤醒母亲的记忆，然而，可恶的病魔似乎有意难为他，母亲已经什么都不记得了，任他怎样竭尽全力。给她洗脚时，看到她那木然的样子，他心酸得直想大哭一场。

唯一让他感到有些欣慰的是，母亲对他摆放到阳台上的那一盆盆鲜花，似乎特别的喜爱。每天都会为它们浇水、松土、修剪……然后，就呆呆地坐在那里，静静地看着那些花，眼睛里闪着慈祥的光亮。

每每此时，他也会安静地坐在母亲身旁，一会儿看看母亲，一会儿看看那些姹紫嫣红的花朵，细细的阳光透过窗玻璃，柔柔地拂着面颊，时光流动的声音仿佛清晰地响在耳畔，他的思绪便不禁肆意地漫射开来。

他记忆里的母亲是特别喜欢花的，无论是爬满栅栏的牵牛花，还是后院的刺梅，连那金黄的蒲公英和紫色的打碗花，她都喜欢得了不得。她曾说，懂得了花的生命，就能品出生活的滋味。那时他正是被梦想激励的翩翩少年，无暇也不愿去慢慢地赏花，自然无法读出藏在花里意蕴的奥妙。

时间久了，那些鲜亮的花朵，仿佛都懂母亲和他的绵密的心思，在他们母子深情满怀的注视中，有的开得淡然，有的开得热烈，有的开得急促，有的开得从容，有的开得短暂，有的开得持久，有的开得繁盛，有的开得朴拙……每一种花似乎都在展示着一种生命的样式，都在讲述着一段生命的故事。

与花朝夕相守，渐渐地，他挥走了弥漫心头的伤感。他知道：痴呆的母亲依然是幸福的，虽然很多很多的人间往事，她都已经无法记起，但她慈爱的眼里有花，静谧的心里有花，她仍有如花一样丰富的情感，只是她无法与人交流而已。

在陪伴母亲看花开花落的日子里，他疏于公司的管理，丧失了几次重要的商机，少赚了数百万元。但他丝毫不后悔，他跟最好的朋友说："其实，不是我在陪母亲，而是母亲在陪我。伟大的母亲在她最后的生命历程里，仍然在默默地教我理解生命的要义。"

一瓣瓣的花开，一瓣瓣的花落，在那些平凡琐屑的日子里，在那些绚丽张扬的日子里，谁听懂了岁月深情的叮咛，谁又收到了岁月慷慨的馈赠。

爱情的味道像白开水

读过许多浪漫的小说，她一直渴望遭遇一份如火如荼的爱情，热烈而持久。

她出身名门，家境优裕，天生丽质，就读于国内名牌大学，一举手、一投足，都透着洗去凡俗的高雅。

她从容、靓丽地穿行在大学校园里，成为一道迷人的风景中的亮点。

她不会像那些女大学生那样，禁不住男人的几句甜言蜜语，便莽莽撞撞地跌入了爱河，品味那温吞水般的爱情，还自以为在啜饮爱情的琼浆玉液呢。她悠然地一边认真读书，一边矜持地等待着，寻觅着。她相信那个与她一生牵手的他，会在她期待的某一天向她微笑着走来。

一切都如她所希望的那样，那个同样优秀得无可挑剔的他，终于在那次全省高校辩论赛后，成为她的恋人。

恋爱时节，她喜欢和他去那些有品位的咖啡屋，听着西方经典音乐，慢慢地品味着浓浓的咖啡，在她是一种非常惬意的事情。那个学中文的师大才子，像个情场老手，非常懂得她的心思，总能恰到好处地制造出极具情调的浪漫氛围。有时，只是一件小小的饰物，一个特别的生日PARTY，都能让她感觉到他细致周到的关爱。

她喜欢读他写的爱情诗篇，她读出了那里面洋溢的挥之不去的浓浓的情思，沉醉于那些美丽的诗句中，她常常禁不住要浮想联翩。

然而，那个男友最后还是让她伤心了，她不是他的唯一，他有许多个“好妹妹”，每个妹妹都让他那样动情。那天，她第一次放弃自尊求他，但她最后还是失望了，他的心里装的不只是她，甚至他连一个承诺都不能给她，他往日的那些柔情蜜意，不过是讨她的欢喜罢了。

分手的那天，她独自来到初次聚会的“红房子酒吧”，怅然地喝了一杯又一杯的红酒，直到醉得一塌糊涂。

失恋的心痛，几乎将她完全击倒了，她整整一周闭门不出。午后三点，揽镜自照，那憔悴的面容不堪入目，她哀怜地长叹一声，来到阳台上，将目光投向嘈杂的窗外。

临街的一个卖日杂的小摊床前，一位五六十岁的老太婆，正在烈日下摇着蒲扇，照料着并不兴隆的生意。这时，一个老头蹬着一辆三轮车来到小摊前。

老头嗓门很大地喊着：“老婆，快给我弄点儿凉开水，热死了。”

老太婆边拿了毛巾给老头擦着满头大汗，边嗔怪他：“死鬼，看你身上湿得跟水洗的似的，叫你待会儿凉快凉快再出去，你偏不。”

老头咕咚咕咚地喝下一大碗白开水，用袖子一抹嘴：“老婆，再来一碗。”

老太婆又倒了一碗水，语气里满是心疼道：“慢点儿，看你像头牛似的，跟年轻时一个样。”

老头乐呵呵地：“是啊，我还跟年轻时一样能吃能喝，你还跟年轻时一样漂亮。”

老太婆有些害羞地拍了老头一下，一副很幸福的样子：“就你嘴巴甜，让我跟着你受苦也心甘情愿。”

老头又喝了一碗白开水，一脸惬意道：“那是我的命好啊，找了一个好老婆，其实你心里美着呢，是不是？因为我到现在还是那么爱你。”

“行了行了，别贫嘴了，跟年轻人似的爱呀爱呀的，也不怕人家笑话？”老太婆环顾了一下四周，并没有顾客过来。

“刚才我送货挣了二十块钱，今天我们早点收摊回去歇息吧。”老头说着，便开始收拾东西。

很快，东西都装到三轮车上了，老头像一个将军似的一挥手：“老婆，请上车吧。”

老太婆迟疑了一下，老头看出了她的心思，忙把她搀上车：“老婆，你只管坐好了，我刚才喝了三大碗水，动力十足着呢。”

望着那一对渐渐远去的幸福的老夫妇，她的眼里盈满了羡慕。

原来，愈久弥深的爱情，就闪烁在那朴素的一擦、一饮、一嗔、一搀之中，飘散于那些精美的诗篇之外，散落于那些常常被人们淡忘的简单生活里……

爱情的浓度，与那些海誓山盟、那些酽酽的咖啡无关，在两颗真诚相爱的心灵面前，一碗普普通通白开水，就是滋润爱情的最浓、最醇的佳酿。

请从容地离开母亲的目光

阳春三月，温柔的阳光轻抚着楼前的绿草坪。一个走路摇摇晃晃的两三岁的幼儿，正推着她的童车，独自在甬道上玩着，她跟前没有一个看护的大人。

虽说这个小区里特别安全，可那毕竟是一个太幼小的孩子啊，万一有一点儿闪失该怎么办？在一家大公司当总经理的他，心里正奇怪幼儿家长的粗心大意。猛抬头，二楼阳台上一位年轻的母亲正一脸慈爱地望着自己的宝宝尽情地玩耍。

哦，原来那位母亲呵护的目光从来就没有离开过自己的孩子啊。

当他把这感动的一幕讲给妻子听时，妻子感慨道："其实，天下做母亲的都是一样的，都在关注着自己孩子的一举一动，而很多的孩子并不知晓。你每天上班出去，母亲都会趴在阳台上看着你走远，估计你快要下班了，母亲就会到阳台上张望。”

“是吗？我还真不知道呢。”整天忙忙碌碌的他，来去总是脚步匆匆，自从把母亲从乡下接到城市里以后，他看到的总是母亲慈爱的笑容，听到的总是母亲幸福的感慨，但不知母亲的目光每天都在跟随着自己走出家门、走进家门，不知道母亲心里藏了许多的牵挂，只是她从没有跟自己说起。

一天，公司突发了一件重大事故，司机小王火速驾车赶到他住的楼前，接他赶往事发现场。为了抓紧时间，车一停，小王便打开车门迎接他。可是，小王看到他神态自若地从楼里走出，跟往常一样慢慢悠悠地走过来，好像根本就不知道公司里发生了重大事件。

走到车前，他小声地叮嘱了小王一句：“别慌，一定要慢慢地开，要像往常一样。”

小王不禁心生纳闷：在公司里一向雷厉风行的他，遇到这么重大的事件，怎么还能这般地镇静？

等小车缓缓地刚一驶出小区，他满脸立刻布满了焦急的神色，大声地催促小王：“保证安全，能多快就多快，火速赶到现场。”

车子一路疾驰。他不停地打着手机，果断而急切地给公司各个部门布置着应急工作。

事后，小王满脸困惑地问他：“那天，公司出了那么大的事故，您走出家门时，为什么还像往常一样闲庭信步，好像什么事情都没有发生似的，为什么车一出小区您整个人就都变了？”

他笑道：“因为母亲在看着我。”

“母亲在看着您？”小王仍不大明白。

“你不知道，母亲每天都趴在阳台上看着我上下班，我不想让母亲看到我紧张的神态和慌乱的脚步。那样，她会为我牵挂一整天的。我知道情况很紧急，可我也没有理由让母亲跟着我担心啊。”他没有跟小王讲，母亲这一辈子为了他吃了很多的苦，为他操了很多心，一直看着他一步步成长。他的每一个细微的变化，都逃不出母亲关注的目光。

那天，当朋友在酒桌上讲完上面的这些琐事后，一位朋友激动地说出了在座所有人共同的心声：“没错，我们的母亲都在看着我们，单单是为了母亲关心的目光，我们都应该做得更优秀一些。”

永远不要忘了，在我们的背后，母亲爱意充盈的目光，一直在追随着我们，一直在关切地看着我们，激励着我们走向更好的人生之路。

用眼睛说爱

那年，品学兼优的他，师大毕业后留校教书，面对许多条件优越的女孩主动追求，他竟毫不动心，却出人意料地爱上了食堂卖饭的那位叫莲的哑女。莲长得并不算漂亮，只是那张圆圆的娃娃脸，很清纯，让人一见便要心生怜爱。每次打饭，他都要去莲所在的窗口，看着她娴熟地将饭菜装入他递过去的饭盒，他冲她微微一笑，莲也回以微微的一笑，他便感觉彼此已倾诉了千万言。

当他真诚地向莲表白爱情时，莲慌乱地连连摆手，大声“啊啊啊”地拒绝。后来，是他的认真和执著，感动了莲和她的父母。再后来，他与莲结婚了。婚礼简单得有些冷清，他家里一个亲人也没来。为这桩几乎所有人都认为不般配的婚姻，他忍受了父母近十年不认他这个“不肖之子”的痛苦。

在他四十岁那年，一场突如其来的大病过后，他竟完全失聪了，再也不能登上讲台了。而此时，莲也下岗了，患有先天性心脏病的8岁女儿，正需要特别的呵护。

许多人都深为他接连的不幸叹息，担忧他们今后的日子该怎样过。很快，人们就在大学校园里，看到他们推着小车卖盒饭的从容，看到他们在雨中相互打着手势，把雨伞送到彼此头顶的关切，看到他们牵着女儿的小手并肩而行，看着他们的女儿小鸟似的绕着花坛欢快地跑来跑去……尽管他们都听不到女儿动人的歌声，却能听懂女儿的快乐。毫无疑问，他们成了大学校园里的一道别致的风景，主题就是朴素而感人的爱。

莲的流动餐车旁，总是挤满了年轻的大学生，因她的盒饭味美、量足、价廉，她的微笑自然、亲切，不卑不亢。虽然她不能开口讲什么，但她的爱情故事，却在一批批大学生中间口耳相传，连最时尚的女孩，也不能不承认——拥有一份她那样的爱情，绝对是一生的幸福。

结婚20周年前夕，他们送给女儿一件最珍贵的礼物——倾其全部积蓄，又贷款8万元，为女儿做了一次相当成功的心脏手术，让她成为真正的阳光女孩。

一次，我好奇地问他们的女儿："你父母平时很少交流思想感情吧？"

“不，他们经常交流，他们的眼睛都会说话。”女儿的语气里充满了自豪。“用眼睛说话？”我有些不解。在我生活的周围，我目睹了许多夫妻使用了大量的语言，还常常把爱情和婚姻搞得一塌糊涂，很难想象出他们仅仅凭着两双眼睛，就能够传递彼此内心纤密的情感。

在一个阳光灿烂的午后，我的困惑找到了答案——那天，我去校医院探望一位亲戚，刚进医院大门，就见莲慌慌张张地拉着他跑进急救室，见到一位值班医生，她便咿咿呀呀地大声叫喊着，手不停地比划着，意思是让他赶紧住院打针。其实，他只是患了轻微的腹泻，只需稍稍静养即可。医生向她解释了半天，又见他没事儿似的冲她笑笑，莲才放心地搀着他离去。临走时，她还一再向医生比划着问是否需要开药。连医生都感动地说：“真没见过这么细心的妻子！”

眼前真实的情景，让我恍然明白了莲的女儿所说的“用眼睛说话”，准确点儿说，他们是在用心灵说话，在两颗颇有灵犀的心灵中间，那汩汩流淌的一尘不染的爱意，就是他们最自然的永远说不尽的话语啊。

真爱无需更多的言语，他和莲的世界并不静寂，他们那无声胜有声的爱，与爱的倾诉与倾听，足以让我们的许多精美、响亮的言辞黯然失色，足以让我们明白什么才是真正的心心相印。

心会追随爱的脚步

阳光灿烂的午后，她打开信箱，一封素笺上那久违的熟悉的签名，猛然加快了她的心跳。

她就那样久久地捧着那封信，两眼紧紧地盯着自己娟秀的名字。整整二十年过去了，他还一如当年那样——把她名字中间的那个“爱”字，一笔一画地很特别地写成繁体。

他们的相识是在一家青年杂志举办的征文比赛中，两个二等奖被他俩包揽了。记得当年他给她写的第一封信中，就有三处用了繁体字，都是同一个“爱”字。当时，她以为那不过是他随意而为之，并没有更多地在意。但随着书信往来的增多，她发现他只要写到那个“爱”字，总是用繁体。

她曾问他为什么，他故意让她猜，聪颖的她很认真地猜过，但没有猜准。后来，她没再问他，他也始终未向她交待谜底。

再后来，两人相约考上了同一座城市的两所大学，经历了一番风花雪月的爱情后，就在他们即将走进憧憬了许久的美满婚姻时，一场突然的家庭变故，让她违心地跟他分手了，含着泪把爱情交给了某市长的儿子，因为他帮她的家庭度过了那场令人惊惧的难关。

面对那伤心的结局，他在毅然地报名加入赴西北边疆的志愿者行列后，没有去同她道别，只给她留下一封信。薄薄的一张白纸上，他用粗重的碳素笔认认真真地写满了一百个她的名字，其中间的每一个“爱”字，都是特别醒目的繁体。

那时，她才犹如万箭穿心地恍然醒悟——原来，他是不想让那颗“心”从“爱”中走出啊……

此后，他和她音讯完全中断。

时光荏苒，她渐渐地从伤感中走出，和丈夫一道经营起让许多人羡慕的小家庭。只是偶尔一个人的时候，她坐在窗前，翻看年轻时写的那些诗文时，她才会想起他，想起那些美好如诗的日子。但很快地，她便安慰自己：一切都过去了，也许他早已淡忘了她，或者他还在心中恨着她。要不，他怎么会至今依然音信杳无呢？

转眼间，女儿已经上初中了。就在她释然地做着贤妻良母时，丈夫在单位组织的一次旅游中，因意外的车祸而魂归异乡了。

这突如其来的打击，再次让她陷入深深的痛苦中。风韵犹存的她，谢绝了所有好心朋友热情介绍的一个个优秀的男人，一个人关在家中，重新拿起笔来，重圆那个搁置多年的作家梦。

她的作品开始频频地出现在报刊上，其中有好几篇写到了他，写到了他和她那段刻骨铭心的美好初恋。

今天，她缓缓地打开他二十年后才迟到的书信，轻轻读出那一句熟悉而简单的问候，她不觉已是泪眼婆娑了……

他说，他在远方一直在默默地关注着她，她的喜怒哀乐，都在牵挂着他，他曾好几次提笔给她写信，最终却都没有寄出——他怕打扰了她的生活。而今天，她在收到这封信时，他已因肺癌长眠在巴颜喀喇山脚下的一个无名的小村……

骤然，她紧紧攥着他那临终前的绝笔信，一任泪雨滂沱，打湿那大大的繁体的“爱”字……

一周后，邮递员又送来一个厚厚的包裹，里面是十几个剪报本，那上面有许多她的作品，还有许多她曾在心底赞赏不已的署名“依然”的精美文章。

这时，她才知道：这些年来，他一边在给牧区的孩子们上课，一边在勤奋地笔耕着，只是换了她一直不曾知晓的笔名——依然。

柔和的灯光下，她没有习惯地打开电脑，而是一笔一画地在稿纸上认认真真地写下一篇关于爱的文章，其中所有的“爱”字，她也特别地像他一样选择了繁体……

是的，他和她都不曾让心灵走出那份真诚而深沉的爱。

滚滚红尘中，若能够时时记着在爱之时，永远保持一颗纯洁、忠贞的心，那么，即使终身不能相依，也会有一份特别的美丽，像不败的花朵，久久地绽放在悠悠岁月的枝头，温暖着我们至真至善至美的爱情。

最浓的爱情，常常飘散在那些精美的诗篇之外，散落在简单生活里。

替我注视你的幸福

十八岁那年，无数玫瑰色的梦幻尚未绽开，一场突如其来的灾难过后，她陷入了无边的黑暗之中——双眼视网膜全都脱落了。

好几次，她想纵身从高楼上一跃而下，让自己脆弱的身躯与坚硬的水泥地轰然撞击，彻底结束那在黑暗中摸索的苦痛，但父母拳拳的爱，紧紧地拉住了她。她是父母的希望啊，她不能只想着自己，不能再让爱自己的人伤心。

心渐渐地平静下来以后，她开始学习使用电脑，学习运用盲文软件写作，让忙碌和充实一点点地冲淡弥漫心灵的痛苦。看到她一天天地坚强起来，父母在宽慰时，仍没有放弃为女儿寻找光明的努力。五年多的时间里，他们不惜负债，带着女儿大江南北地四处奔走，期盼着有一天奇迹能够降临。

也许是他们的执著感动了上苍，许多专家都断言的“不可能”竟变成了实实在在的“可能”——在一次连医生也毫无把握的依然是试试看的视网膜移植手术过后，蓝天碧水红花绿树，所有那些记忆中的美景，全都在刹那间又重新展现在她的眼前。

她不知道，在她的双眼尚未重新看到缤纷的世界前，有一份特别的爱情已向她走来了。那个优秀得无可挑剔的他，像是怕被别人抢走她似的，在她缠绕眼前的绷带还没拆掉时，便将一束鲜艳欲滴的玫瑰放在了她的床头。

她爱了，爱得那样沉迷，那样幸福，特别是每每当他坐在面前，轻轻地捧起她的脸，望着她那清澈如水的双眸，他纯净无瑕的目光里燃烧的满腔柔情爱意，是那样无以掩饰的真切而热烈。久久，久久地，他们四目相对，仿佛整个世界都在那一时刻静了下来，在无声地诉说着如诗般生活的美好。

当然，她也曾有过困惑：英俊帅气的博士，怎么会爱上她这个各方面均平平的她呢？每次认真或随意地问他，他都笑着回答她：“因为在你的眼睛里，盈着我无法拒绝的爱。”

“真应该感谢那位为我捐献视网膜的陌生的同龄女子了，她不仅仅带给了我光明的世界，还带给了我一份让人羡慕的爱情。”迎着他春天般的笑容，她满怀感激地依偎在他的怀里。两颗怦怦跳动的心，起伏着亲亲密密的爱的旋律。

红叶飘飞的十月，他们牵手走进了撒满祝福的婚姻殿堂。仍像恋爱时节那样，他们心灵相契，常常只是不经意的一句话、一次手势，甚至一个眼神，就能把那份爱渲染得如诗如画。爱意似水地流淌在他们的每一个朴素的日子里，人们更多地见到的是簇拥在他们周围阳光一样自自然然的幸福。

女儿开始咿呀学语了，她浸润了真情挚爱的作品也开始纷纷地见诸报端，而他的事业也正一帆风顺地向前推进着。虽然知道追他的优秀女孩很多很多，但她已不再傻傻地问他当初为什么那样义无反顾地爱上自己。她只是常常在心底暗暗提醒自己：感激那个送给自己明眸的女子，一定要把双倍的爱，送给无悔地与自己牵手一生的他。

结婚五周年，他们选了本市最好的一家酒店来祝贺。在雅致的包间内，两人相对而坐，氤氲的烛光渲染着浪漫的情调，两人好像一对初涉爱河的情人。平时滴酒不沾的他，那天的兴致很高，和她一杯一杯地喝着甜软的红酒，两人絮絮地说着说了千遍也不厌倦的情话——他们都被幸福灌醉了。

蓦然，他探过身去，再次捧起她那红润的双颊，静静地望着她脉脉含情的双眼，许久许久，仿佛时间在那一刻已凝固。

他将嘴唇轻轻地移开她那扑闪的睫毛上，紧紧地揽她入怀，贴着她的耳朵喃喃自语道："就这样，爱，沿着明眸走进心灵，永远，永远。"

那是她至今尚不知晓的秘密——那个将视网膜捐给她的女子，曾是他的第一个女友，是那场突然的车祸夺走了她如花的生命，在她生命弥留之际，她明眸闪烁着让他答应了她最后一个爱的请求——他一定要尽快走出悲伤，要好好地去爱自己，去爱别人，她虽然不在了，但她那双的眼睛还在关注着他幸福……

真爱从不曾走远。无论世事如何沧桑，她那双盈满深爱的双眸，还在源源不断地涌注着爱的洪流，被幸福紧紧簇拥的，还有无数渴望爱的心灵。

不蒙尘埃，才会长久

那时，朋友中间很流行着“干得好，不如嫁得好”的说法。起初，她还嗤笑她们把钱看得太重，太有失女人自尊了。但两次恋爱失败后，她遇到了富有的他，才真正体验到经济基础雄厚的爱情的甜蜜。比如，她再不用一身热汗地去挤公共汽车了，他那漂亮的宝马车，带给她的是舒适，是一种特别的满足感。还有，跟他逛商场，她不必费脑筋考虑该买哪样不该买哪样东西。看好了，只要她开口，他总会潇洒地点钱，还有他那刷卡的动作，更是透着成功男人的魅力。

“那是富有的爱情啊！”她欣然地感叹，觉得自己的爱情虽然世俗了一些，却很受用。

那天晚上，他陪她去医院看望一个骨折的朋友，恰巧赶上医生在给朋友换药。她和他便坐在朋友的床上等待。对面病床上住的是一对中年夫妻，男的得了骨癌，被截去了右臂，仍未能阻止癌细胞的进一步扩散，正等待着做第二次的截肢手术。

这时，那女的正在用一把很钝的小刀，认真地削着一个干巴巴的、一点水灵气都没有的苹果。那男的怜爱地看着女的，他面庞清瘦，眼睛里毫不掩饰地流露着缕缕柔情。

男的嗔怪女的："早就让你把它吃了，你就是不吃，看都干瘪成什么样子了。"

女的笑着："皮干了，心还嫩着呢。"

苹果削好了，男的固执地让女的将其一人分一半，女的争不过男的，便按方形切了四刀，留给自己包着果核的中心地带。男的说："你总是吃那两颗星星，今天得我让来尝尝。"

他们知道，只要横切一刀，就会看到苹果心里藏着的两颗星星。

"男人跟月亮有缘，女人跟星星亲近。"女的将一块月牙形的苹果塞到男人的嘴里，自己小口地啃起那个没有多少果肉的果核。

"明天是你的生日了，买碗面吃吧。"男的从兜里掏出五块钱来。

"城里的面不好吃，等你出院了，回家我自己做手擀面。

再说了，要买面吃，我兜里也有钱呢。”女的其实是心疼钱，为丈夫看病已欠下数万元的债务。

“那不一样，这是我攒下的。”男的很自豪，那是他少抽了好几包劣质的烟，才慢慢儿攒下的一点儿钱。

“那你先收着，等明年情人节时，送我一件礼物。”女的捋捋齐耳的短发，略显疲惫的脸上竟泛起了一抹红晕。

“你要什么礼物啊？我一定想着给你买。”男的郑重起来。

“你说呢？”女的笑而不答。

男的努力地猜了一大圈，女的皆摇头予以否定。

“你到底想要什么礼物呢？”男的还在认真地想着。

“我呀，我要你这一回手术成功,别吓坏了我的心脏。”女的想起了上次手术时，握着丈夫的手紧张得她都快虚脱了。

“放心吧，有你保佑，我会早点儿出院的。我们还要齐心协力把好心人借给的那些钱都还上，还要奔小康呢。”男的眼里写满了自信，似乎那可怕的癌症，除了让他们在医院里多待一些日子，多花一些钱，跟平常感冒没有多大区别。

“等咱们富了，你可得带我出去旅游旅游啊。”女的又开始憧憬起来。

“好啊，等我们有了钱，我就先带你去北京，然后去广州，然后……”男的扳着手指开始安排旅游的线路。

谁说“贫贱夫妻百事哀”？眼前这一对被清贫和疾病困扰的夫妻，分明更像一对热恋中的年轻人，那一句句简单朴素的话语，那一个个细微的动作，都浸润着浓浓的爱意，叫人感动而羡慕。

“假如有一天我得了癌症，我们会像他们那样吗？你能守护在我身边吗？”走出医院大门，那对夫妻恩爱的动人情景，仍晃动在她的眼前。

“别发神经了，我们谁都不会生病的，即使生病了，我们也有条件住最好的医院，找最好的医生。”他根本不解她此刻的心思。

蓦然，一缕莫名的悲哀，在她的心底隐隐升起，她的心再难平静下来了。她不禁扪心自问——我们的爱情真的像别人说的那样富有吗？

很快，他给了她一个说不清该悲还是该喜的答案——当初那些响亮的海誓山盟，全都做了过眼的云烟，因为他又爱上了另外一个女孩。

如今，依然孑身一人的她，常常在孤寂的深夜里，不由自主地想起医院里邂逅的那对清贫而富有的中年夫妻，她相信他们现在肯定过得很幸福，因为他们的爱情没有落上一丝尘埃……

5240
5242

左手玫瑰，右手柴米油盐

那天是情人节，大街上的节日气氛正浓，已是不惑之年的他也受了感染，破天荒地也要浪漫一回——给相濡以沫了40年的老伴买一束玫瑰。花店的女老板得知他是第一次给爱人送花，热情地帮他选了一束最大、最鲜艳的玫瑰，还细心地替他剪去上面那些扎手的小刺。

白发飘飘的他手捧玫瑰，穿行在人流喧嚷的大街上，引来许多惊奇的目光。起初他还真有几许羞涩，有人得知他是给妻子买的玫瑰后，便纷纷夸奖他心态年轻，跟上了时尚，懂得生活情调。那语气、那眼神里，满是赞赏和羡慕，反让他不禁有些欣欣然了。

走到自家楼前，几位同龄人撞见了笑容满面的他，更是啧啧地称赞他不愧是有文化的人，连洋节都过得这么有情致。听到那么多的溢美之词，一缕愧然之情涌至心头——看来这束玫瑰买得太迟了，这么多年来，老伴已跟他念叨过无数遍了，让他也学学别的男人，逢年过节时给她买点儿小礼物。每每这时，他总是书呆子气十足地说：“我把钱全交给你了，你喜欢啥就自己买啥呗，你知道我又不会买东西。”

当然，他们年轻时的日子确实窘迫得很，可后来生活条件好了，从来就不喜欢逛街的他，还是没学会给老伴买什么节日礼物，更不要说给她过情人节了。

这一天，他那束鲜艳欲滴的玫瑰，真的给妻子带来了一个天大的惊喜。她把玫瑰捧在怀里，面颊贴在上面，陶醉似的尽情地闻着，偶尔嗔怪他一句，让两人情不自禁地仿佛又回到了初恋时节。

她又找出家里最漂亮的一个花瓶，灌了一些清水，悉心地把玫瑰一支支地插好了，小心翼翼地放到床头，又意犹未尽地端详起来。

看着母亲那由衷的喜悦和那份认真的神态，从上高中起案头的玫瑰就从未间断过的女儿，在那一瞬间有些感动了——自己曾收到了那么多的玫瑰，竟没有一束让她像母亲这样深情地凝注过。

她带着一脸的幸福，又走下楼去，喜滋滋地跟左邻右舍宣讲："我还以为我那老头子，啃了一辈子书本都啃呆了，谁知老了老了，倒学会浪漫了，想起给我买玫瑰了。"

夜深人静时，再也无法安眠，她轻轻地爬起来，望着黑暗中的玫瑰，嗅着那淡淡的花香，夫妻恩爱40年的情景一幕幕的闪现在眼前——她想起他那个贫穷的大家庭，老的老、弱的弱，她一嫁过去就起早贪黑地没闲着；想起当年他因出身不好，被下放到偏远的山村放牛，她腆着大肚子跟他住在那阴冷潮湿的茅草屋里，一住就是七八年；想起为了他第一本书能出版，她毅然典当了祖母留给她的一对祖传的翡翠镯子；想起了跟着他回城后租住在那个十多平方米的小屋里，拉扯两个孩子缝缝补补的日子……真是的，自从嫁给他以后，无论生活多么艰难，她都没抱怨过什么，而是跟着他一心一意地把那份普通百姓的生活，经营得有声有色。因她辛勤的操持，她成了公婆眼中最贤惠的儿媳，成了儿女心中最敬佩的母亲。

是的，她昔日美丽的容颜，已被日复一日的柴米油盐无声地改变，满脸的皱纹中藏满了生活的苦辣酸甜，可她对自己这一生却相当满意，因为她和他无论日子艰难还是顺畅，两人始终恩爱有加。如果说还有什么遗憾的话，那就是这一束玫瑰来得迟了一点，因为她也和很多女人一样，喜欢生活里多一点浪漫的情节，而粗心的他在那些年里忙忙碌碌的，竟没大在意。

如今两人都清闲了，可惜已不再青春。

但不管怎样，他的这一束迟到的玫瑰，还是给她带来了舒心的慰藉——虽然他不懂得浪漫，可他那颗挚爱之心，她却是时时感受得到的，即使没有这一束玫瑰，她也不会后悔今生选择了他。

几天后，玫瑰还是枯萎了，可她仍舍不得扔掉。他有些感动地说："你喜欢，我以后可以再给你买。"她眼里掠过一缕怅然，摇头道："可惜我不再年轻了，如果能再从头过一回，我非让你年年都送我玫瑰，送我多多的惊喜……"

女儿听了父母的对话，先是肃然于母亲的情怀依旧，进而思忖——现在的年轻人，手上的玫瑰是不是太多了，究竟有多少代表着分量沉重的感情呢？多少人昨天刚送过爱情玫瑰，今天就成了陌路人。当然，父辈厚重的爱情，也未免单调了一些，尤其是对于母亲这样天生渴望浪漫的女人，这一束迟到的玫瑰未免有几许苦涩的喜悦。

真的应该像一位作家说的那样："在一个女人的婚姻里，应该是一手拿着玫瑰，一手拿着柴米油盐，这样，她的爱情才是完美无缺的。"

图书在版编目（CIP）数据

因为你，与美好的世界不期而遇 / 崔修建著 . -- 北京 : 北京时代华文书局，2016.9
ISBN 978-7-5699-1148-0

Ⅰ . ①因… Ⅱ . ①崔… Ⅲ . ①故事－作品集－中国－当代 Ⅳ . ① I247.81

中国版本图书馆 CIP 数据核字 (2016) 第 216234 号

因为你，与美好的世界不期而遇

著　　者 | 崔修建

出 版 人 | 杨红卫
选题策划 | 曾　丽
责任编辑 | 曾　丽　周毅泽
装帧设计 | 新艺书文化　段文辉
责任印制 | 刘　银　訾　敬

出版发行 | 时代出版传媒股份有限公司 http: //www.press-mart.com
北京时代华文书局 http: //www.bjsdsj.com.cn
北京市东城区安定门外大街 136 号皇城国际大厦 A 座 8 楼
邮编：100011　电话：010－64267955　64267677
印　　刷 | 北京京都六环印刷厂　010-89591957
（如发现印装质量问题，请与印刷厂联系调换）
开　　本 | 880mm×1230mm　1/32
印　　张 | 7.5
字　　数 | 140 千字
版　　次 | 2016 年 10 月第 1 版　2016 年 10 月第 1 次印刷
书　　号 | ISBN 978-7-5699-1148-0

定　　价 | 32. 00 元